# グルメ警部の美食捜査

斎藤千輪

PHP
文芸文庫

○本表紙デザイン＋ロゴ＝川上成夫

# Contents

# 1

# 完璧なるステーキと痛恨の失態

ああ、美味《おい》しい。でも、苦しい……。

燕《つばめ》カエデは、左側から切り分けた肉片を必死で頬張っていた。

じっくりと熟成《じゅくせい》され、特製スパイスで下味《したあじ》をつけた分厚い牛ロース肉。新鮮さを強調する濃いピンク色と、グリルプレートでついた格子《こうし》状の焼き跡が見事なコントラストを描き、その中央でひとかけらのバターが黄金のごとくきらめきながら溶《と》けていく。

そんな、これぞステーキ！と叫びたくなるほど完璧《かんぺき》なビジュアルの肉が、手を触れたら火傷《やけど》するであろう鉄板皿の上で、耳心地《ごこち》のよいジュージューという焼き音とステーキ独特の香《こう》ばしい湯気をまとい、堂々と鎮座《ちんざ》している。

ソース入れで提供されるのは、すり下ろした玉ねぎとニンニクなどで作り上げた、ご飯にぴったりな醤油《しょうゆ》ベースの濃厚ソースだ。そのソースをたっぷりとかけ、絶妙な焼き加減で提供された肉にナイフを入れると、あふれんばかりの肉汁がしたたり落ち、ソースと相まってさらに芳《かぐわ》しい香《かお》りが立ち上がる。

フォークで肉片を口に入れると、柔らかすぎず固すぎない絶妙の嚙み心地と共に、美味しさの塊《かたまり》が口内中に広がっていく。ほのかな脂《あぶら》っこさとソースの塩味は、白い平皿《ひらざら》に盛られたご飯を頬張ることでほぼ解消されるのだが、その分、旨味《うまみ》も薄まってしまうため、即座にステーキへと手が伸びてしまう。

誰が考え出したのか知る由《よし》もないが、醤油ベースのソースがかかったステーキと艶々《つやつや》に炊《た》かれた白米ほど、食欲を刺激する組み合わせはない、とカエデは常々思っていた。

肉。ご飯。肉。ご飯。肉。ご飯――――（以下略）。

果てしなく続く美味のループ。永遠であればいいと願わずにはいられない、口福《こうふく》な瞬間の連続――ではあるのだが……。

残念なことに、人が胃袋に収められる食べ物の量には限度がある。

鉄板皿からはみ出しそうなほど大きな五百グラムのビッグステーキ。小山のごとく盛られたご飯は同じく五百グラム。それを三セット、三十分以内に食べきらなければ、カエデは経済面で大打撃を被《こうむ》ってしまうのだ。

二セットまでは、わりと順調に胃に収まった。もちろん、この店のステーキがものすごく美味しいからだ。

しかし、満腹感というのは突然やって来る。美味しさには一ミリの変化も起きないのだが、胃袋がどうしても受けつけなくなるのである。最後の一セットが難関であることは、これまでの経験からわかっていた。

できれば相まみえたくなかった大いなる敵、汝《なんじ》の名は満腹感。ここで来ちゃったかあ……。

——とは言え、鉄板皿のステーキもご飯も、すでに半分は平らげている。

「残り時間、あと七分。カエデさん、わかってると思うけど、添え物のコーンも食べきってくださいね。あと、前にわざと肉やコーンを床に落として量を減らす人がいたんで、もし落としちゃったら申告してください。その分だけ付け足しますから」

テーブルのすぐそばにいた細身の青年がにこやかに話しかけてきた。長尾《ながお》、という名の彼は、大食いチャレンジのジャッジを任されている古株のスタッフだ。趣味でロックバンドのギターをやっているらしく、いつも後ろで縛《しば》っている長い髪が特徴だ。片手でストップウォッチを固く握《にぎ》りしめている。

念のため床に目をやる。——大丈夫。何も落ちていない。

よし、身体《からだ》を動かそう。

カエデはすっくと椅子《いす》から立ち上がった。その勢いで膝に置いていた紙ナプキンが落ちてしまったのだが、長尾がいそいそと厨房《ちゅうぼう》に戻り、新しい紙ナプキンと交換してくれた。

「ありがとうございます」と言いつつもナプキンには目もくれず、軽くジャンプをするような動きをその場で行う。こうすると胃の位置が下がり、もっと食べられるような気がしてくる。喉《のど》の渇《かわ》きを覚えたが、ここで水など飲んではいけない。肉汁以外の液体を摂取《せっしゅ》してはいけないのだ。

ふと店内を見回すと、他の客やスタッフたちが固唾《かたず》を呑んでこちらを見つめていた。

「残り時間、あと五分」

ストップウォッチを睨《にら》んだ長尾が、興奮気味《こうふんぎみ》に告げる。

彼はカエデが来るたびに笑顔でもてなしてくれる好男子だ。実は、「大食いの女性、素敵《すてき》ですよね」と何度も言われ、こっそりデートにお誘いされたことが数回ある。自分のバンドのライブに招待されたりもするのだが、そのたびに丁重《ていちょう》にお断りしている。

お誘い自体はありがたいのだけど、カエデはアニメとかゲームとか、二次元の推《お》しを眺めているだけで満ち足りていた。生身《なまみ》の男性とのデートなど想像すらできない。それに、今の自分にとって大事なのは、色気より食い気、なのである。

ジャンプをしながら視線をぐるりと一周させる。

渋谷《しぶや》と恵比寿《えびす》のほぼ中間にある超人気ステーキ店『MANPUKU』。いつもは満席なのだが、今は平日夜の閉店前ということもあってか、十二卓ほどの四人掛けテーブルは、おひとり様客であるカエデを入れて五卓しか埋まっていなかった。クスクスと笑い合う若いカップル、スーツ姿の男性二人組、大学生らしき男女四人組。そして、カエデと同じくおひとり様でロングヘアの女性だ。

カエデが入店したとき、この厨房に一番近いテーブルに据え置きされているナイフ・フォーク入れの籠《かご》は、長尾が馬の尻尾《しっぽ》のような後ろ髪を揺らしながら片づけていた。しかし、彼は大き目の前歯を見せて「どうぞこちらへ」と誘い、再びセッティングをし始めてしまった。

カエデは他の席でもよかったのだ。なぜなら、他の空席はまだセッティングをしたままで、即座にオーダーができたから。

それでもわざわざし直してくれた理由を、「そのあいだにカエデさんと話ができるから」と長尾はいかにも楽しそうに説明していた。

こんなチビなのに大食いで、しかも無職の自分に好意を寄せてくれるのは本当にありがたい以外の何物でもない。しかし何度も繰り返すが、色気よりも遥《はる》かに食い気を重視するのがカエデなのだ。むしろ、一秒でも早くステーキが食べたいのに……と、かすかなイラ立ちを覚えてしまったくらい、頭の中は食べる欲求で一杯だった。

ちなみに今宵のカエデは、大食いチャレンジをするときの定番スタイルで勝負に挑んでいる。

ジャージ素材の黒いパーカーと、同じ素材・色のストンとしたロングワンピース、黒は生地《きじ》に脂がはねても誤魔化《ごまか》せる色。そして、ウエストマークのないワンピースは、当然のごとく胃を締めつけないためのチョイス。履物《はきもの》は、床に散っている油でジャンプをする際に転んだりしないよう、ラバーソールの黒いスニーカー。セミロングの髪の毛は、いつものように頭の上部で結んであった。
「残り三分です！」と長尾が鋭《するど》く叫ぶ。

よっしゃ、ラストスパートだ。

再び椅子に座って残りのステーキ肉を半分に切り、ワシワシと食べる。というか、ちょっと嚙んでマルっと飲みこむ。続いてご飯も大口で頬張り瞬時に飲み下す。

――カエデの胃袋は宇宙だな。膨張《ぼうちょう》する無限の空間。最高だよ。好きなだけ食べていいぞ。

亡き父の声が聞こえた気がした。昨年、病で他界してしまったやさしくて穏《おだ》やかな父。いつも笑顔でカエデの大食いを見守ってくれた。

一方、今も健在の母は、「燃費が悪いわねえ。誰に似たのかしら」と文句を垂《た》れることが多かった。それでも、せっせとお代わりをよそってくれたのだから、感謝以外の言葉が浮かばない。

元々、胃下垂《いかすい》かつ食べたモノがすぐに排出される体質で、ビフィズス菌など腸内フローラの量が多いからなのか血糖値も上がりにくく、一般的な人に比べて満腹中枢《ちゅうすう》が刺激されないという、〝痩《や》せの大食い〟の条件を満たしていたカエデだが、中学生まではここまでの大食いではなかった。

高校生になっても華奢《きゃしゃ》でチビのままだったため、もっと背丈が伸びるように限界まで食べまくって栄養を摂《と》り、運動をして努力を重ねたのだ。

しかし、その努力は報《むく》われなかった。

どうしても百四十八センチ以上の身長にはなれなかったのだ。それは、カエデが目指そうとしていた職業にはなれないことを意味していた。

越えられない壁に悔《くや》しい思いもしたが、今夜のような大食いチャレンジの成功率は上がったし、大食いタレントのスカウトも来るようになったのだから、努力が泡と化したわけではない。

ただし、タレントになるつもりなど毛頭《もうとう》ないため、今のところ〝無駄《むだ》に大食いのチビ痩せ女、しかも無職〟でしかないのだが。

「すっげ、見てくださいよ。チャレンジ成功しそうですよ」

近くの席にいた男性のささやき声がした。ごく普通のサラリーマン風スーツ姿の男性。年齢は二十代半ばくらいだろうか。地毛なのか染めているのか栗色でやや長めの髪が、どことなくチャラ男的な空気感を放っている。

「私としては、もっと味わって食べてほしいけどね」

チャラ男的な人と同席している男性が、皮肉めいた言葉を発した。

素人《しろうと》目にも高級感が伝わってくるネイビーのピンストライプ・スーツ。同系色のネクタイに、ライトブルーのコットンシャツ。無造作のようでありながらしっかりと整えられたショートヘア。オシャレな黒縁メガネが印象的な、どことなく品のある顔つき。年の頃はチャラ男風よりも上、三十前後といったところだ。

どこかで見たような人……と思って気がついた。英国人俳優ダニエル・クレイグが演じた映画版『００７《ダブルオーセブン》』のジェームズ・ボンドを彷彿《ほうふつ》とさせるのだ。

顔は全然似ていない。ダニエルのような渋い系ではなく、甘目で柔和《にゅうわ》な表情の優男《やさおとこ》だ。ダニエル版００７シリーズでたとえるならば、英国人俳優ベン・ウィショーが演じたＭＩ６《エムアイシックス》（英国諜報部）の秘密兵器開発担当・Ｑのほうがまだ近い。

だが、醸《かも》し出す雰囲気《ふんいき》がそれっぽくて、００７か！　と言いたくなるくらい洒脱《しゃだつ》ないで立ちをした男性である。正直なところ、この大衆向けのステーキ店の中で、彼だけが異彩を放っていた。

「あんな飲むような食べ方をされたら肉が気の毒じゃないか。緻密《ちみつ》な計算のもとに熟成された、素晴らしいステーキなのに」

007風の人がいかにも残念そうにつぶやき、グラスをゆっくり取って赤ワインを飲む。これまた英国紳士ばりに優雅な手つきだ。左腕から高級ブランドの〝オメガ〟らしき時計が覗いている。オメガの時計といえば、映画版ボンドのお気に入りアイテムとしてあまりにも有名だ。

しかも007風の黒縁メガネをよく見ると、テンプル《つる》に金属の〝Tマーク〟が施されている。あれは、ダニエル版ボンド御用達《ごようたし》のメガネブランド〝トムフォード〟のマークだ。映画の007はサングラス姿が印象的だけど、フレームのカタチが劇中のサングラスと極めて似ている。

もう間違いない。この男性は007マニアだ！

スパイや刑事ものが大好きなカエデは密《ひそ》かに胸を躍らせたのだが、007の無情な声が耳に入ってきた。

「美食とは、動物の中で人間だけが会得《えとく》した能力なんだよ。ただ生きるために食料を摂取《せっしゅ》するのではなく、作り手が創意工夫を凝《こ》らした料理を五感で楽しみ、味わう。酒との組み合わせも重要な要素となる、実に崇高《すうこう》な能力だ。それを冒瀆《ぼうとく》するような食べ方を見てしまうと、切なくなってくるね」

余計なお世話じゃ！　味わって食べてたら破産するんじゃい！

躍った心を急速で戒《いまし》めてから、カエデは最後の肉とご飯をかっこむ。

「残り十秒！　九、八、七、……」

緊迫した声を長尾が発し、カウントダウンを始めた。鉄板皿の上には、添えてあった焼きコーンの粒が残っているだけだ。大急ぎで焦《こ》げ目のついたコーンたちをスプーンでかき集め、ゴックンと飲みこんだ。

「……終了！　チャレンジ成功、おめでとうございます！　令和元年になってから、初めてのチャレンジ成功です！」

長尾の宣言で、店内中からパラパラと拍手が響いた。

「あ、ありがとうござい、まふー」

ポッコリと盛り上がったお腹を撫《な》でながら、カエデは息も絶え絶えに礼を述べ、内心でウォ――――と勝利の雄叫《おたけ》びをあげた。

これで賞金の一万円をゲットできる。もしチャレンジに失敗したら、食べた分の料金、一万円以上を払わなければならなかったのだ。貯金も底をついているカエデにとって、一食に一万円もの大金を費やすことは自殺行為にも等しい。

そのリスクを背負いながらも、大食いチャレンジ店を巡《めぐ》っては得意の大食いを武器にタダ飯をいただいたり、お小遣い稼ぎをさせてもらうという、どうにも情けない日々をカエデは過ごしていた。

短大卒業と当時に就職浪人となって以来、アルバイトを転々としてきたのだが、つい先日、バイト先の飲食店がつぶれて給料未払いのまま放り出されてしまったのだ。そのため、次のバイト先が見つかるまでは、こうして凌《しの》ぐしかないのであった。

「ご馳走《ちそう》さまでした。いつもすみません」

恐縮しながら小声を出し、席を立とうとしたそのとき、信じがたい発言が長尾から飛び出した。

「カエデさん、前言撤回で申し訳ない。チャレンジ失敗です」

「えっ？」

驚いて長尾を見ると、彼はテーブルの下を覗きこんでいた。カエデもその視線を追う。

「見てください。コーンがいくつか落ちてます」

……確かに、カエデのスニーカーの先に黄色い豆状のものが点在している。ステーキに添えられていたコーンと極めて似ているので、見間違いではない。

「残念だけど、床に何か落ちたら申告しないと失格なんです。カエデさんがわざとやったとは思わないけど、それがルールなんで料金をいただきます。ホントすんません」

「そ、そんな！　落とした覚えなんてないのに」

うろたえるカエデを長尾や他のスタッフが気の毒そうに見つめている。拍手を送ってくれた別テーブルの客たちも同様だ。

「もしかしたらだけど、カエデさん途中で立ち上がったじゃないですか。そのときに落ちたんじゃないですか？　ほら、紙ナプキンを落としたとき」

そうだ、落としたとしたらその瞬間以外考えられない。勢いよく食べていたため、膝の上にコーンをばら撒《ま》いたことに気づかなかった。それが、ナプキンと一緒に落下してしまったのか……。

「マジで残念ですけど、またチャレンジしに来てください。じゃ、一万二千円いただきます」

ガーン、という漫画のような効果音が頭の中で響き、目の前が真っ暗になった。

カエデの財布には千円しか入っていないのだ。退路を断つことが成功を呼びこむと思った、という理由だけではない。単純に今月はもうそれしかお金がなかったのである。これまでチャレンジに失敗したことがないステーキ店だったから、つい甘く考えてしまった自分を投げ飛ばしてやりたい。

ちなみに、この店ではカードを取り扱っていない。たとえカード払い可能だったとしても、引き落とせるお金が口座には入っていなかった。

「す、すみません、持ち合わせが足りなくて……」

「近くにコンビニありますよ。銀行のＡＴＭも」

「それが、貯金も全然なくて……」

消え入りそうな声でカエデが言うと、全スタッフの目つきが鬼のように変化し、「カネがないのに食いに来たのかよ」「失敗したらどうするつもりだったんだ」「無銭飲食で警察に通報するぞ」などと罵倒《ばとう》されたような気がした。

「……あの、借りてくるのでちょっと待ってもらえませんか？　二時間もかからないと思うので」

神奈川県の実家で肩身狭く暮らしているカエデは、母に土下座《どげざ》をして借金をする覚悟を決めた。

短大を卒業したら自活せよ、と母からはきつく言われているので、家賃として毎月三万円を家に納め、自ら生活費を稼がねばならなかった。公務員である母は自分にも他者にも厳《きび》しく、放任主義だった父とは対照的で几帳面《きちょうめん》な女性。借金を申し込むなら、金利もしっかり払う覚悟でいなければならない。

カエデは今夜、父から譲り受けた愛車でこの店に来ていた。ペパーミントグリーンのミニクーパーだ。かなりのクラシックカー、というよりオンボロ車だが、エンジン回りはチューンアップしてある。高速を飛ばせば二時間以内に戻ってこられる……。

「二時間も待てませんよ。うちらが終電逃《のが》しちゃう」

長尾が困った顔で告げる。

「……ですよね」とカエデは肩をすくめる。

最悪だ。胃痛がしてきた。大食いチャレンジ直後だけに痛みも相当なものである。冷や汗もじっとりとかいている。

一体どうしたらこのピンチを逃れられるのか。わたしを明日からバイトで雇ってください、そのバイト代から差し引いてください、とでも言ってみようか。いや、こんな恥ずかしい失態をやらかしてしまった店で、屈託《くったく》なく働くことなんてできるのだろうか。というか、雇ってくれないよな、きっと。

うつむいたまま思考を巡らすカエデ。誰もが無言のままだ。陽気なラテン系のBGMだけが鳴り響いている。

「じゃあ……」と長尾が何かを言いかけたところで、ふいに男性の低い声が響いた。

「私が払おう」

あわてて主《ぬし》を見る。007マニアの男性だ！

「え、な、な……」なんで、と言いたいのに驚きのあまり口が回らない。

カエデが呆気《あっけ》にとられていると、007が黒革の財布を取り出した。

「ここのテーブルとあちらのお嬢さん、合わせて支払いを頼む」

「さすがグルメ先輩」とチャラ男風の連れが小さくつぶやき、「ゴチになります」と調子よく手を合わせる。

グルメ先輩？ 007の名はグルメというのか？

事態が呑みこめずに目を見開くカエデ。長尾はまだ何か言いたそうだったが、ため息を吐《つ》いてから無表情で007の元へ行き、札を受け取って「領収書はどうされますか？」と尋《たず》ねた。いや、と彼は軽く手を振り、長尾はレジへ直行する。

「長尾さん、ちょっと待って！」

そんなことしてもらうわけにはいかない、と長尾を止めようとしたカエデのすぐ耳元で、「大丈夫。気にしなくていい」と声がした。いつの間にか007がカエデのすぐ横に立っている。

鼻筋が通っていて琥珀《こはく》のように美しいブラウンの瞳。純粋な日本人じゃないみたい。もしかして、本当に英国人の血でも入ってる……？

などと007の顔に釘《くぎ》づけになっていたら、彼はすっと屈《かが》んでテーブルの下を覗きこみ、「また紙ナプキンが落ちている」と、すぐさま立ち上がってナプキンをテーブルの上に置いた。

「では」と挨拶《あいさつ》を残して颯爽《さっそう》とレジに向かう007。そのあとに続く後輩らしきチャラ男風の男性が、「大食いチャレンジ、カッコよかったよ」と右の親指を立ててカエデに笑《え》みを見せる。非常に愛嬌《あいきょう》のある人だ。

「あ、あ……」ありがとうございます、と言いそうになって口を閉じる。それではまるで、奢《おご》ってもらったことへの礼のようになってしまう。

レジの前で長尾が礼を述べ、007に釣銭を手渡した。

「またのご来店、お待ちしてます」

するとOO7が、ごく小さな声でこう言った。

「ごちそうさま。今回は見逃すけど、店の看板には傷をつけないように」

007が素早く自らのジャケットをめくり、内側のポケットにある何かを手にした。長尾に見せたようだ。

はっ、と息を呑んだ長尾がグニャリと顔を歪《ゆが》ませたが、007はジャケットのボタンをしめ、背筋を伸ばして扉から出ていく。

今回は見逃す？　長尾が何か不手際《ふてぎわ》でも犯したのか？

気にはなりつつも、カエデはグルメたちのあとを追う。

「ちょっと待ってください！」

店の前で叫ぶと007たちが振り向く。ふたりともかなりの長身だった。身長百四十八センチのカエデは、彼らと並ぶと幼い子どものようだ。

「あの、お金……」

「ああ、本当に気にしないでいい。私も楽しませてもらったから。初めは飲むように食べていて嘆かわしいと思ったが、よく見たら食べ方は上品だった。それなのに驚異的な速さで、非常に驚いたよ」

007がカエデを真っすぐ見て低く笑った。

「君の胃袋は宇宙のようだな。きっと、芸術的なほど胃の膨張率《ぼうちょうりつ》が高いのだろう」

その瞬間、007に亡き父の顔が重なって見えた。

――カエデの胃袋は宇宙だな――

隣りのチャラ男も笑みを浮かべ、腰を屈めてカエデの目を覗きこむ。カエデもチャラ男の顔を凝視《ぎょうし》した。

「君、まだ学生でしょ？　早く帰らないと親御さんが心配するよ。電車もなくなっちゃうんじゃない？」

「学生じゃないです。二十三歳。今日は車で来てるので時間は大丈夫です」

「へえ、運転できるんだ。てっきり女子高生かと思った」

チャラ男が物珍しそうな視線を向ける。

「よく間違えられます」

まあ、しょうがない。大食いのくせにチビっこくて細くて、しかも童顔《どうがん》なのだから。

「本当にありがとうございました。お金、改めてお返しします。連絡先を訊《き》いてもいいですか？」

００７を見上げて問いかけると、彼はメガネの奥の涼《すず》やかな瞳を向けた。

「君の名前は？」

僅《わず》かな威圧感《いあっかん》を覚え、思わず即答してしまう。

「燕カエデです」

「カエデ……か。いい名前だ」

「ありがとうございます」と、一応、礼を述べておく。

「それでカエデくん」

くん付けで呼ばれた。なんだか新鮮だ。

「君はあの店の常連客のようだね」

「はい、かなりの常連です。いまバイト探しててお金がなくて、それで大食いチャレンジで食費を凌いでて……ホントすみません！」

なぜか必死になってしまうカエデ。まさかのタイミングで現れた恩人、しかも若干《じゃっかん》の威圧感がある007を前に、どういう態度を取ったらいいのかわからない。

「いつもあの席で食事をするのかな?」

「いえ、あそこに通されたのは今日が初めてです。大抵は窓際の席なんですけど」

「君のテーブルを担当していた、長尾と名札にあったスタッフ。彼とは知り合いのようだったな」

「ええ、まあ……」

「これからも長尾くんと会う可能性は?」

「あります」

大食いチャレンジに行けば、また長尾と顔を合わせるだろう。

ってゆーか、なんでそんな質問ばかり威圧的にするの? って、逆にこちらから質問したいんですけど。

そう思った矢先、「じゃあ、話しておこうか」と007がつぶやいた。

「ここじゃなくて別の場所……ああ、カエデくんは車で来ていたんだな。店から離れた場所で話したい。駐車場に行こう」

さっさと駐車場方向に進む007。そのあとに続くチャラ男。

ちょっと、なんなのよ、勝手に主導権握っちゃって。まあ、支払いで世話になったから仕方がないけど。

若干の不満を抱きつつも、カエデは「こっちです」と、愛車のミニクーパーまでふたりを連れていった。

◈

「申し訳ないのだが、人には聞かれたくない。後部座席に座ってもいいか？」

007の鋭い視線を受け、はあ、と答えるしかないカエデに、彼は目尻を緩《ゆる》めながら「怪しいものではない」と言って、胸元から名刺を取り出した。

「これって……警察……」

「そう。こちらは警視庁・警務部の久留米《くるめ》警部。で、オレは強行犯捜査係・巡査部長の小林。警察には見えないってよく言われるんだけど、勤務中は意外と真面目《まじめ》に仕事してたりしてるんだよね」

チャラ男も名刺を取り出したので、二枚の名刺をまじまじと見る。

007の名刺には「久留米斗真《とうま》」とある。グルメは聞き違いで、久留米という苗字《みょうじ》だったのか。この若さで警部、ということはおそらくキャリア組。〝国家公務員採用総合職試験〟を経て採用されたキャリア組は、みな警部補からスタートするので、警部であるグルメ（とカエデは呼ぶことにした）は一階級出世していることになる。

だが、警務部に所属している、ということは事件担当ではない。警務部とは、主に人事や経理を担《にな》う管理部署だ。

一方、チャラ男に見えて実は巡査部長だった小林幸人《ゆきと》は、警部補より下の役職だからキャリアではないはず。しかし、警察官の役職は巡査からスタートする。すでに巡査から巡査部長に出世している小林は、どことなく優雅なグルメ警部と比べると身のこなしが軽いから、凶悪犯罪を担当する強行犯捜査係で機動力を発揮しているのかもしれない。

……などと瞬時に分析するカエデ。

実は、カエデは警察官に憧れていたのだ。そのため、警察の組織図も基本的な部分は把握《はあく》していた。

しかし、女性警察官の採用には百五十センチ以上の身長制限があったので、それに満たないカエデは泣く泣く警察官になることを諦《あきら》め、短大に入学したのだった。

結果、卒業しても就職が決まらない、という憂《う》き目にあってしまったのだが。

——とはいえ、今でも警察官に未練がないわけではない。そんなこともあり、思いがけず出会った警視庁の男たちに好奇心をかき立てられていた。

「警部、何か気づいたんですか？　さっきのステーキ店で」

小林巡査部長が狭い後部座席に窮屈《きゅうくつ》そうに乗りこみながら尋ねる。グルメ警部もその横に座る。カエデも運転席に乗りこんだ。

「大食いチャレンジの直後に落ちていたコーン。あれは店側の仕込みだ。おそらく、テーブルを担当していた長尾くんの仕業《しわざ》」

自信たっぷりにグルメ警部が断言する。

「ええっ？」と驚くカエデに、グルメ警部は「私は仕事柄、どこにいても周囲を観察する習性があるんだ」と告げ、淡々と根拠を語りはじめた。

「長尾くんは片づけはじめていたテーブルに君を通し、わざわざセッティングをした。その席は厨房に一番近い席だった。私は視覚の隅で君の席をとらえていたのだが、その時点でテーブルの床には何も落ちていなかった。そのあと、君が三皿目に手をつけ、途中で立って上下運動をしたときも同様だ。落ちたのは紙ナプキンだけ。コーンの存在を床の上に認めたのは、君が座り直して食事を再開したあと。つまり……」

ひと呼吸入れてから、グルメ警部はカエデを見つめた。

「君の膝から落ちた紙ナプキンを、長尾くんが交換したあとなんだ」

「長尾さんが交換したあと……」

カエデは茫然《ぼうぜん》とオウム返しをすることしかできない。

「へぇえ。久留米警部、よく見てましたね。オレ、職務時間外は警察モード解除しちゃうんで、全然気づかなかったです」

小林巡査部長が感嘆の声をあげたが、グルメ警部はピクリとも反応せず話を続ける。

「あのタイミングで厨房と席を移動した人間は長尾くんのみ。コーンはカエデくんの皿から落ちたのではなく、長尾くんが厨房から持ちこんだものを、わざと床に落としたのだと考えられる。紙ナプキンを取り換えたタイミングでね。そして、完食したと思わせたあとで床にコーンがあると君に告げた。

もしかしたら、初めからどこかのタイミングでそうしようと狙っていたのかもしれない。だから、いつもは通さない厨房近くの席、しかも片づけはじめていた席に、わざわざカエデくんを通したのだろう。

大食いチャレンジをする人に、どうしても他の客の視線は集まってしまう。そんな中で後ろめたい行動を取る長尾くんにとって、移動距離は短いほど都合がいい。不自然にコーンを握りしめている手を、長くさらさずに済むからな」

「わたしが落としたのではなかった……？」

確かに、カエデにその記憶はない。無我夢中だったから、そうなってしまったのだと自分を納得させていた……。

「ああ。君は食べ方がとても上品だった。粗相《そそう》をしたとは思えない」

　黒縁メガネの端を押さえながら、警部も上品に微笑《ほほえ》む。そして、ジャケットの内ポケットから何かを取り出してこちらに見せた。

「加熱された形跡のない調理前のコーン。これが証拠《しょうこ》だ」

　それは、刑事ドラマなどで見る証拠品入れのビニール袋。中に表面がツルンとした黄色い粒が入っている。長尾にコーンの指摘《してき》を受けたときは気が動転してよく見られなかったのだが、ビニールの中のコーンは、鉄板の上で焼けていたコーンとは明らかに見た目が違う。

「もしかしてこれ、会計前にわたしのテーブルの下から押収したんですか？　紙ナプキンを拾ってくれたとき？　あんな一瞬で？」

　驚くカエデに、グルメ警部は「まあな」とだけ答えた。

　もしかしてこの007、すごい切れ者なのか……？

「久留米先輩、マジで仕事が早いんだよ」

　すかさず小林が補足に入ってきた。

「現場向きなのにもったいない。ずっと管理職でデスク仕事なんですよね。書類にハンコ押すだけの日も多いみたいだし」

「そのお陰で時間には余裕がある。美食にも時間を費やせるしな。私は今のポジシヨンで満足だ」

グルメ警部は静かに言った。何やら事情がありそうだ。

「おふたりは近しい間柄なんですね」

警部と巡査部長にしては距離が近く見える、とカエデは感じていた。

「オレと久留米先輩、昔からの知り合いなの。今もたまにメシ行ったり、いろいろ情報交換させてもらってるんだ。ねえ、先輩」

小林はあくまでも無邪気《むじゃき》で陽気だ。

「話を戻していいか？」

グルメ警部はどこまでも冷静沈着だった。

「ああ、逸《そ》れちゃいましたね、すみません。要するに、大食いチャレンジを店側が妨害したってことですよね？　それは問題ですよ。詐欺《さぎ》罪に該当《がいとう》するかもしれない」

腕を組んだ小林に、グルメ警部が告げた。

「あの店は歴史ある優良店だ。私も昔から知っている。客を騙《だま》して信用を落とすようなことはしないはずだ。おそらく、長尾くん個人が勝手に嫌がらせをしたのだろう。では、なぜ彼はそんな嫌がらせをしたのか？　カエデくん、心当たりはないか？」

「……あります」

カエデは何度か長尾にデートに誘われていたが、ことごとく断っていた。それを恨《うら》んでいたのかもしれない。

「え？　なになに？　どんな事情があるの？」

小林が前のめりになったが、カエデは「それ、話さないとダメですか？」と訊き返した。

自分が彼を振ったからです、なんて、うぬぼれているようで言い辛《づら》い。もしかしたら、単なるからかい相手だったカエデに相手にされなくて、長尾がムカついただけかもしれないし。

「いや、話さなくていい。君に心当たりがあるのなら、そういうことなのだろう。次にあの店でチャレンジするときは、最後まで床に注意を向けるべきかもしれない」

グルメ警部が真摯《しんし》に言ってくれた。

(今回は見逃すけど、店の看板には傷をつけないように)

グルメ警部が長尾に忠告したのは、コーンの不正についてだったのだ。レジの前でジャケットをめくったのは、証拠品のコーンをチラ見せするため。長尾が表情を歪ませたのは、警部から痛いところを突かれたからだったのだろう。

「はい。次からは気をつけます」

カエデはありがたく感じながら、そろそろ大食いチャレンジで凌ぐのも潮時だな、と考えていた。どんなバイトでもいいから働かないと……。

と同時に、悪事を暴《あば》く警察の仕事ってやっぱりいいな、と改めて思う。

「グルメさん、長尾さんの仕業だって気づいてたのに、料金を立て替えてくださったんですね。本当にありがとうございます」

頭を下げたカエデを、グルメ警部はやんわりと咎《とが》めた。

「私の名はグルメ、ではない。久留米だ」

「すみません」

つい、勝手に命名した名前で呼んでしまった。

「あれ、カエデちゃん。床に何かの表彰状が落ちてるよ。……わ、これって警察の感謝状じゃないの？」

丸まっていた表彰状を手にした小林巡査部長が、目を見張っていた。

「あー、引ったくり男を見かけて捕まえたことがあったんです。それで感謝状をもらったんですけど、後部座席に置いたまま忘れちゃってました。わたし、大食いだけじゃなくて腕っぷしにも自信があるんですよね。ちっちゃい頃から柔道やってたから。あ、今もちっちゃいけど、身体」

自虐ギャグも付け加えてしまった。――が、どうやらスベったようだ。

「そうだったんだ。カエデちゃん、カワイイのに意外だねえ」

ステーキ店でワインを飲んでいたためなのか、巡査部長とは思えないほど小林はノリが軽い。勤務時間外だから素《す》に戻っているのだろう。

「では、我々はこれで失礼する」

グルメ警部（とカエデは呼ぶことに決めてしまったのでもう変えられない）が唐突に会話を終了させた。後部座席から出ていこうとする。

「待ってください！」

カエデが叫んだ刹那《せつな》、グルメ警部がよろめいて額に手を当てた。

「先輩、大丈夫ですか？　また立ち眩《くら》み？」

心配そうに小林が声をかけると、「ちょっと躓《つまず》いただけだ」と答える。

「とか言って、無理しないでくださいよ。身体、あんま丈夫じゃないんだから。もしかして、今日も献血してきたんじゃないですか？」

「してない。それに献血したって何も害はないからな。むしろ、血はたまに抜いたほうが古い血液のデトックスになる。健康診断と同じような血液検査もできるし、健康上いいことだらけだ」

「はいはい。それは献血好きの先輩からいつも拝聴してます」

身体が丈夫じゃない……？　献血好き？

そういえば、グルメ警部は肌の色が一般的な日本人男性と比べてほの白かった。そんなところも日本人離れして見えた要因だったのかもしれない。

「次はオレも献血するんで、一緒に連れてってください」

「いや、断る」

「そんなこと言わないで。血抜きしたあとで、また肉でも食べましょうよ。焼肉でレバーとか」

「……もしかして小林、おひとり様が苦手《にがて》なタイプなのか？」

「あれ、今頃気づいたんですか？」

などと雑談をしながら、グルメ警部と小林巡査部長が車を離れていく。

「お願いだから待って！」

カエデはふたりを追いかけて声を張りあげた。

「立て替えてもらったお金を払いたいんです。これから神奈川の実家に行くので乗ってってください。そのあとご自宅までお送りします」

「本当にいいから。君はチャレンジに成功したんだ。私からのお祝いだと思ってくれればいい」

そんなグルメ警部の好意はうれしかったが、カエデはどうしてもお礼をせずにはいられなかった。縁もゆかりもない人に奢《おご》ってもらって「はいサヨナラ」だなんて、母が知ったら「恩知らず娘！」と激怒されてしまう。それに、身体が丈夫ではないのであれば、なおさら自分が送り届けたい。

「でしたら、せめてご自宅に送らせてください」

「いや、夜遅くの運転は危ないから……」

「わたし、第二種免許を持ってるんです。しかも、無事故無違反のゴールド免許。だから安心して乗ってください」

「第二種免許。つまり、人を乗せて運転する資格があるってことか？」

グルメ警部の瞳が輝いた気がした。

「はい。亡くなった父が個人タクシーの運転手だったので。就職先がどうしても見つからなかったら、わたしも運転手になろうと思って」

「なるほど。ちなみに、お母さんは仕事をしているのかな？」

「公務員です」

カエデが警部に答えると、小林が「すげーな、カエデちゃん」と感嘆の声をあげた。

「腕っぷしが強くて運転はプロ、しかも大食い。そのスペック、何かの仕事に活《い》かせそうだよね」

「こんなちぐはぐなスペック、トータルで活かせる仕事なんてないですよ。どうせわたしなんて、役に立てっこないから。……あ、ごめんなさい」

ふと、愚痴《ぐち》めいた言葉を吐《は》きそうになった。

「なに、どうしたの？」と小林が小首を傾《かし》げ、警部も「どうせ？　なにがどうせなんだ？」と、カエデに話の続きを促《うなが》そうとしている。

そうだ。この人たち、本物の警察官なんだよな……。

カエデの口は、自然に開いていった。

「……本当はわたしも、警察官になりたかったんです。子どもの頃、婦人警官にものすごく憧れて。だから柔道もがむしゃらにやったし、ご飯もたくさん食べたんだけど、中学生の頃から背が伸びなくなっちゃって。警察官には身長制限があったから、諦めるしかなかったんです」

最近は制限を排除する地方警察もあるらしいが、少なくともカエデが高校生の頃はそうではなかった。

「努力は必ず叶《かな》う、なんて言う人いるけど、努力ではどうにもできないことって、あるんですよね……。なんて、変なこと言っちゃってすみません」

カエデは、自分が僅かな絶望感を抱いていることに気づいた。

警察の人たちにこんなことを言っても、困らせてしまうだけなのに。

目を伏せたカエデの前で、グルメ刑事が小声を発した。

「気に入った」

「はい？」

きょとんとするカエデと彼は、がっぷりと向き合っている。

「その根性、気構え。持ち金がないのに大食いに挑戦する図太さ。先のことなど考えない動物のような貪欲《どんよく》さ。なかなかお目にかかれない逸材《いつざい》だ」

「……はあ」

褒《ほ》められているのかおちょくられているのか、まったく判断できない。

しかし、警部は真剣な声音《こわね》でこう言ったのだった。

「カエデくん、君の力を貸してほしい」

❖

――この夜を機に、カエデはグルメ警部のお抱え運転手という仕事を得た。

そして、生粋《きっすい》の美食家である警部の、お供をすることになったのである。

# 2

# 投資詐欺事件と香《こう》ばしき鴨のロースト

空が高い。どこからともなく金木犀《きんもくせい》の香りがする。気持ちがいい。

カエデは愛車であるミニクーパーの横に立ち、深く深呼吸をした。

停めているのはグルメ警部が暮らす実家の前である。

田園調布《でんえんちょうふ》にある庭つきの日本家屋。瀟洒《しょうしゃ》な庭を囲むように二階建ての母屋《おもや》が造られており、庭には小さな池まで設《しつら》えてある。誰もが「代々続く金持ちの家だ！」と感じるであろう邸宅だ。シャッターで覆《おお》われたガレージには、なんと五台分のスペースが設けられている。

「丁度《ちょうど》ドライバーが辞めたばかりで、次の人を探そうと思っていたんだ」

「警部の運転手って、警察の人じゃなくていいんですか？」

「むしろ、警察とは無関係のほうがいい。私がプライベートで雇うのだから」

ステーキ店の駐車場でグルメ警部からそう言われて、カエデは真っ先に考えた。

もしかして、この人の車を運転するってこと？　その車って、007御用達《ごようたし》の英国高級スポーツカー〝アストンマーティン〟なんじゃないの？　だって、どう考えても警部は007マニアだもの。だとしたら色はシルバーだ。

あの機能性を兼ね備えたエレガントなフォルム。色気すら感じさせる流線型のボディ、うっとりするほどラグジュアリーなエクステリア。値段も中古の戸建てくらい買えてしまいそうなくらい高価な、カエデが一生乗る機会などないと思っていたスーパーカー。

……やばい、興奮で鼻血が出そう！

瞬時に自分がアストンマーティンを乗りこなしている姿が脳裏を駆け巡《めぐ》り、よく考えもせずに「ぜひ！」と即答してしまったわけなのだが……。

ステーキ店から自宅へ送りながら話を聞いてみたところ、残念なことにグルメ警部の申し出は、「カエデのミニクーパーで送り迎えをしてほしい」というものだった。警部の前の運転手も自家用車で送迎をしていたのだが、加齢のため引退してしまったらしい。

でも、警部は００７マニアですよね？　絶対ボンド好きですよね？　アストンマーティン、ガレージにあるんじゃないんですか？　と食い下がりそうになったけど、ちょっと失礼な質問だよなと考え直し、言葉をグッと呑みこんだのだが……。

警部は、やはり持っていたのである。

カエデの憧《あこが》れ、アストンマーティンを！

「ひゃー、ホントにあった！」と、初めて見たときは叫び声をあげてしまった。ガレージのシャッターが開いた瞬間、眩《まばゆ》いばかりのシルバーの車体が視界に飛びこみ、眩《まぶ》しすぎて目がつぶれそうになった。

「アストンマーティン・ＤＢ５。中古だが、完璧《かんぺき》に整えてある」

そのときの警部は、車が可愛《かわい》くてたまらないように目を細めていた。

「も、もしかして、この車もわたしが運転していいんですか？」

呼吸を荒くしながら尋《たず》ねると、警部は冷ややかに「まさか」と答えた。「駐車が必要な場合は、この横にミニクーパーを停めてくれ」

「……ですよね。でもいいなあ。アストンマーティン」

すると、信じがたいコメントが彼の口から飛び出した。

「この車は、鑑賞用だ」

「え？」

「私にとってアストンマーティンとは、単純に乗る車ではない。眺めて愛《め》でるものなのだよ。乗ってしまったら走る姿を見ることができないからな」

いたって真面目《まじめ》な顔をされ、カエデは驚きで顎《あご》が外れそうになった。

「もしやこのマーティン、一度も運転してない、なんてことはないですよね？」

「一度だけ前の運転手に走ってもらった。その横をタクシーで追走しながら車を眺めたんだ。疾走《しっそう》する姿が非常に美しかった。だが、そのときボディに少し傷がついてしまってな。以来、一度も走らせていない」

これまた真剣な顔で警部は言ったのだ。

……ねえ、マジなの？　正気なの？　こんな高級車を飾っておくだけ？

だとしたら、わたしの雇い主って、超のつくアホ、いや、超天然系のボンボンなのかもしれない……。

半ば呆《あき》れてしまったカエデだが、ミニクーパーのレンタル代やメンテナンス代、保険料なども上乗せされた破格の給料を提示された途端《とたん》、（アホとか思っちゃってすみません！）と、瞬時に前言を撤回したのであった。

──おっと、我が愛車のボディに汚れ発見！

気づいたカエデは、クロスを取り出してゴシゴシと汚れを落とす。このミニクーパーは父から譲り受けた、いわば形見《かたみ》の品。エアコンが効かなくなることもあったりするオンボロではあるが、動くうちは大事に乗りたいと思っている。

こんなサスペンションが固くて乗り心地がいいとは言えない車でも、「むしろ、そこが暴れ馬のようで悪くない」と言ってくれた警部は、カエデにとって神レベルの恩人だ。ものすごいアホ、じゃなくて変わり者だけど。

──ガチャッと門が開く重い音がした。

グルメ警部かと思ったら、黒いコート姿の男性が出てきた。警部の父親・久留米《くるめ》孝蔵《こうぞう》だ。細身で人のよさそうな容貌《ようぼう》だが、目つきだけは異様に鋭《するど》い。後ろからエプロン姿の女性がついてくる。

「おはようございます」

カエデが挨拶《あいさつ》をすると、孝蔵は「ああ、どうも。安全運転で頼みますね」と小さく笑《え》み、カエデのミニクーパーの前に停めてあった黒塗りのハイヤーに歩み寄った。

少し丸まった背中はごく普通のサラリーマンのそれだが、ただのサラリーマンではない。孝蔵は国家公務員の最重要ポストといっても過言ではない、警察庁長官を務める人物なのだ。

息子は警視庁の警部、父親は警察庁のトップ。〝警視庁〟と〝警察庁〟は名称が似ているために混同されがちだが、警視庁は東京都にある警察本部の名称。対する警察庁は財務省などと並ぶ中央省庁のひとつで、簡単に言えば警察組織を取りまとめる国の役所である。

その警察組織の長である孝蔵が、グルメ警部の父親であると知ったときは驚いてガチガチになったけど、孝蔵にはどこかラフな雰囲気《ふんいき》があるので、ほどなく緊張感は緩和《かんわ》した。

一方、母親の久留米絹子《きぬこ》は、とある財閥《ざいばつ》家系に生まれたお嬢様。現在は親から受け継いだ大手宝石店の経営をしているため、毎日忙しく飛び回っているようだった。一度だけ見かけたことがあるが、昔はさぞかし美しかったのだろうなと思う、上品で近寄りがたいオバサマだ。

そんな両親のもとに生まれたグルメ警部はひとり息子。ガチで筋金入りの御曹司《おんぞうし》なのである。

これらの情報をカエデに授《さず》けてくれたのが、孝蔵のあとからついてきて、「いってらっしゃいませ」と見送った高齢女性、秋元政恵《あきもとまさえ》。久留米家に長く仕《つか》える家政婦である。

「おはようカエデさん」

身体《からだ》は細いけど、顔回りだけはふっくらとした愛想《あいそ》のいい政恵。白髪《しらが》交じりの髪をアップにしたエプロン姿で、〝昔ながらのお手伝いさん〟といった感じだが、なぜか目だけは笑っていないような気がする。

そんな政恵が、カエデのそばにツツッと寄ってきた。

「おはようございます」

「ねえ、最近、斗真《とうま》さんが家でお夕飯を召し上がらなくなっちゃったの。仕事がお忙しいのかしらねえ。外食ばかりだと栄養が偏《かたよ》るから、あたしちょっと心配で。あのね、いつも言ってることだけど、斗真さんはお身体があまり丈夫じゃないの。何かあったらすぐ教えてね」

「わかりました」

いかにも面倒見《めんどうみ》のよさそうな政恵は、グルメ警部の健康管理も自分の役目だと思っているようだ。

「そうそう、これ」と、政恵が手にしていたステンレスボトルを差し出す。ボトルのネックに有名神社のお守りがぶら下がっている。〝無病息災《むびょうそくさい》〟と金糸で刺繍《ししゅう》がしてある、巾着《きんちゃく》のようなお守り袋だ。

「特製のブレンドティー。ビタミンと鉄分がたっぷりだから、斗真さんに飲ませてあげて」

「了解です」

カエデがうやうやしくボトルを受け取ったと同時に、「お待たせ」とグルメ警部が現れた。いつものようにオシャレな黒縁メガネをかけ、英国紳士風のトレンチコートに身を包んでいる。

「悪い、少し遅くなってしまった」

「いえ、まだ余裕で間に合います。どうぞ」とカエデがドアを開け、警部が狭い車内に乗りこむ。

「斗真さん、今夜のお夕飯は？」

政恵に尋ねられ、警部は首を横に振った。

「今日は箱根《はこね》で会食なんだ。いつもごめん」

「箱根って、もしかして斗真さんのお好きなオーベルジュ？」

オーベルジュとは、主に郊外にある宿泊施設がついたレストランの名称だ。そのくらいの知識はカエデにだってある。

「正解。政恵さん、さすがだね」

穏《おだ》やかに微笑《ほほえ》む警部に、「あたしは久留米家のお世話係ですよ。何でも把握《はあく》しておきたいんです」と政恵が得意そうな顔をしてみせる。

……なぜか、『家政婦は見た！』という家政婦が探偵役のドラマが浮かんだ。

政恵さんって、久留米家のいろんな秘密を握《にぎ》ってそうだよな。

なんて余計《よけい》なことは考えないようにしながらエンジンをかけ、「いってらっしゃいませ」と頭を下げる政恵に会釈《えしゃく》をして発進させた。

月曜日から金曜日まで、毎日グルメ警部の出勤時間に合わせてここに来て、警視庁まで送る。呼び出しを受けたら警視庁に戻り、指示通りの場所に車を走らせ、家まで送り届ける。

それが、カエデの新たな仕事の内容だった。ステーキ店での出会いから試用期間の一カ月が経ち、正式採用される運びとなったのだ。

終業時間はまちまちだったが、休憩《きゅうけい》時間は多いし面倒な人間関係は皆無だし、なによりも、好きな車の運転をして賃金をもらえることがカエデはうれしくてたまらなかった。

ちなみに、運転中はいつも警部の好きなFMラジオ局の番組を流しているので、沈黙の時間も気まずくはない。業務形態は個人タクシーの運転手と変わらない気がする。

さあ、今日も安全運転で最速最短を目指そう。

亡き父から都内の抜け道・裏道を伝授《でんじゅ》されているカエデは、警視庁のある霞《かすみ》が関《せき》に向けてハンドルを切ろうとしたのだが、「カエデ、今日は渋谷《しぶや》に行ってくれ」と指示をされた。

「はい」と即座に方向を変え、渋谷を目指す。

警部はわりと早い段階で、「カエデくん」ではなく「カエデ」と呼び捨てするようになった。カエデとしてはそのほうが皆から呼ばれ慣れているので、むしろありがたい。

「午前中は渋谷で、午後から箱根に行く。渋谷では少し待たせてしまうが、どこかで待機してもらえるかな」

「了解です。……そうだ、政恵さんからお茶を預かってます」

「ああ、特製ブレンドティーか。苦《にが》くて飲みにくいんだよな……」

ぼやきつつも、警部は後部座席に置いてあったステンレスボトルを自らの黒いバッグに入れた。

「ちゃんと飲むように、って政恵さんからの伝言です」

「わかった」と警部が素直《すなお》に言う。自分が生まれる前からずっと久留米家に仕えている政恵には、頭が上がらない様子だ。

「カエデ」

「はい？」

「前の車、追跡できるか？」

追跡？　もしや犯人が乗った車でも見つけたのだろうか？

捜査中の刑事がタクシーを止めて、「前の車を追ってくれ」と頼む。やがて追いかけっこのカーチェイスへと突入する。そんなドラマのような展開が、我が身に起きようとしているのか？

……と意気込んで前の車を見たら、それは赤い十字マークの入った白いバス。要するに献血バスだった。

「……えっと、なんで献血バスを？」

「どこに停まるのか知りたい」

「これから出勤なのに？」

「いや、仕事はＰＣとスマホがあればできる。いわゆるテレワークだ。だから、今日は渋谷の献血センターに寄るつもりだったんだ。別に献血バスでも構わないから」

……マジか？　マジでバスを追いかけるのか？

「――待て。いまPCで調べた。バスは調布に向かうようだ。遠いな。やはり渋谷のセンターにしよう」

もー、勝手なことばっか言って。なんて我儘《わがまま》なお坊ちゃまなんだろう。

警部は無表情で膝のノートパソコンを操作している。

「あの……」

「なんだ？」

「素朴な疑問なんですけど、警部はなんでそんなに献血にこだわるんですか？」

「こだわっているわけではない。当然のことをしているだけだ。日本には、輸血を必要とする人が年間におよそ百万人いると言われている。科学技術が発達した今でも、血液は人工的に造ることができない。それに、血液は生きた細胞だから、長期間保存もできないんだ。私は、自分ができることを粛々《しゅくしゅく》とやっているだけ。それに……」

「それに？」

「献血センターは、休憩するのに最適な施設なのだよ。飲み物もお菓子も用意されていて、漫画や雑誌も読み放題。場所によってはアイスクリームのサービスもある。血液検査で健康診断もできるし、一度行けば通いたくなるオアシスだ。行かないなんてむしろ損をしている。これは声を大にして言いたいね」

要するに、心の底から献血施設がお気に入りのようだ。

カエデはつい、「わたしもいつか行ってみます、献血」と言ってしまった。

「そうしてくれたまえ」

上から目線の言い方で話を締《し》めた警部は、ＰＣと睨《にら》めっこをしている。

ふーん。お菓子、ジュース、アイスクリームか。……献血、悪くないな。

どこまでも食いしん坊なカエデなのであった。

ほどなく渋谷に到着。カエデは警部を駅前の献血センターに送り届けたあと、近くの駐車場に車を停め、昼食用に持参した大量の菓子パンと牛乳を食べて休憩を取った。

こういった休憩時は、スマホでダウンロードした漫画や小説を読むか、ソーシャルゲームをして過ごす。家にいるときの過ごし方と何ら変わらない。ひとり遊びが大好きなので、待機時間もまったく苦痛ではない。

イケメンだらけのソシャゲに夢中になっているうちにグルメ警部が現れ、素早くカエデのミニクーパーに乗りこんできた。

「次は二子玉川《ふたこたまがわ》に向かってくれ」

「箱根に行くんじゃないんですか？」

「献血中に思いついたんだ。捜査中の事件に関して、寄りたい場所がある」

「事件？」

「気になるか？」

ほんの短い時間、フロントミラーの中でグルメ警部と目が合った。

「そりゃあ気になりますよ。警部は事件担当じゃないはずだし」

カエデは家政婦の政恵から、グルメ警部の立場について話を聞き及んでいた。

――警察庁長官の息子だから危険な事件現場には行かせるなって、周りが忖度《そんたく》したらしいのよ。だから斗真さんはずっと管理職で今は人事担当の内勤なの。身体も丈夫じゃないし、あたしとしてはこのまま管理職でいてほしいわ。斗真さんとしては、事件の捜査を現場でしたいんでしょうけど。

その話をした際の政恵は、妙に真剣な表情を浮かべていた。

「私は、自分が気になった事件を個人的に捜査することがあるんだ」

低く響く声で警部が語りはじめた。

「もちろん、今の仕事に支障《ししょう》がない程度にね。非公式の捜査だから私立探偵みたいなものかな。費用もほぼ自分持ちだし。でも、私の隠密《おんみつ》捜査が役に立つこともある。だから、ある程度の自由は認められているんだ」

人事担当の警部が単独で事件を捜査？　そんな警部っているの？

疑問を覚えたカエデだが、グルメ警部は警察庁長官の大事なひとり息子。周囲に忖度された結果として現場に出させてもらえなくなったのだとすれば、非公式の捜査という、ある意味ガス抜きのような行動も、大目に見てもらえるのかもしれない——と思考を巡らせる。

「実はな。カエデなら私の理想の助手、ワトソン役になってくれそうな気がしたんだ」

警部が何かを企《たくら》んでいるような目をする。

「ワトソン？　わたしが？」

思わず後部座席を振り返ってしまった。

「そう。君は警察官の娘。神奈川県警にいる燕敬子《つばめけいこ》さんの娘さんだよな？」

「……知ってたんですか」

グルメ警部の言う通り、カエデの母親は地方公務員の婦人警官だった。ノンキャリアの警部補だ。子どもの頃、制服姿で働く母に憧れたから、カエデは自分も警察官になりたいと思ったのである。

「燕、という苗字《みようじ》は珍しいからな。私は神奈川県警の生活安全課にカエデと同じ苗字の人がいると知っていた。燕警部補は住民の安全を守るべく奔走《ほんそう》され、後進の指導もされている優秀な方だ。娘さんがいるとも聞いていた。そして君は『母は公務員だ』と言った。それで符合《ふごう》したんだ」

「なるほど。確かに珍しい苗字だとよく言われます」

「燕警部補の娘さん。しかも警察官に憧れていた才能豊かなカエデなら、私の助手になってくれるし秘匿《ひとく》義務も守ってくれる。そう思ったのだが……」

「もちろんです！」

カエデは食い気味《ぎみ》で即答した。

警部の捜査が手伝えるなんて、とんでもなくラッキーな提案である。

「ただ、わたしに何ができるのか見当もつかないんですけど……」

「私を目的地に運び、ときには捜査に同行してもらう。それだけだ」

端的に答えた警部が、膝のPCを閉じながら、「よろしく、ワトソンくん」と言った。

「はい！」

元気に答えたカエデの胸は、うれしさで弾《はじ》けそうだった。

ワトソン！　助手！　憧れていたのに諦《あきら》めていた警察官の仕事。それがこんなカタチで叶《かな》うなんて……。超ついてる！

「わたし、助手としてなんでもやります！」

「それは頼もしい。では早速だが……」

「なんですか？　なんでも言ってください！」

期待感たっぷりに警部の言葉を待つ。

「食事に付き合ってくれ」

「……は？」

マヌケな声が出てしまった。食事に付き合うだと？

「今夜、箱根のオーベルジュで〝美食倶楽部《くらぶ》〟という会員制のイベントが行われる。私のコネクションで招待状を入手した」

「美食倶楽部……？」

「金持ちたちが贅《ぜい》を凝《こ》らしたディナーを楽しむ会。いわゆるパーティーだな。男性の大半は女性をエスコートしてくる。そこに私ひとりで参加するのは気恥《きは》ずかしいし、女性のパートナーがいると捜査で潜入《せんにゅう》していることを誤魔化《ごまか》しやすい。なので……」

グルメ警部はミラー越しにカエデを見つめた。

「まずは洋服を買いに行こう」

「……はあ？」

またマヌケな声が出る。

「ドレスコードのある着飾った男女の集《つど》い。そこにジーンズの君を連れていたら浮いてしまう」

確かに今日のカエデの服装は、毛玉の浮いたダボダボニットに同じくダボッとしたジーンズ、履《は》き慣れたスニーカーだ。

グルメ警部の父を送迎するハイヤー運転手のように、スーツのほうがいいのかなと考えたこともあるが、ミニクーパーの狭い座席にスーツ姿で座り、窮屈《きゅうくつ》に運転をするのはイヤだなと思い直したのだった。

「パーティーにふさわしい衣装を揃える。私からの贈り物だ。二子《ふたこ》の髙島屋に向かってくれ」

「し、承知しました」

……パーティー？　衣装を買う？　なにコレ。まるでシンデレラとか、おとぎ話の姫的な展開じゃない？　映画でたとえるなら、父が好きだったオードリー・ヘプバーンの『マイ・フェア・レディ』。田舎娘がお金持ちの教授によって、洗練された貴婦人になるストーリーだ！

激しくなった心拍を抑えながら、カエデは渋谷から国道２４６を直進し、二子玉川へ向かったのだった。

◈

——ねえ、なんなのココ。

こんな場所がデパートの中にあるなんて、普通の人は知らないよ……。

婦人服コーナーに行くのかと思ったカエデだったが、警部が連れてきたのは高価な絨毯《じゅうたん》が敷き詰められた一室だった。

いま座っているのは、素人《しろうと》目にも高いだろうと思うソファー。ガラステーブルにはサービスの紅茶とチョコレート。まるで、一流ホテルのスイートルームのような部屋だ。

ここは金持ち専用の買い物スペース。いわゆる外商顧客用のサロンである。

「こちらのスーツなどいかがでしょう。フランス製のジョーゼット素材で、着崩れもしないと思います。お色のほうは、ネイビー、カーキ、グレー、クリームの四色をご用意しております」

スタイリッシュなパンツスーツを掲《かか》げているのは、いかにも有能そうな外商担当の女性スタッフだ。サロンにいるのは、カエデと警部とスタッフの三人だけ。とんでもなく贅沢《ぜいたく》な買い物である。

極めて非日常的なシチュエーションすぎて、さっきから動悸が止まらない。

「いいですね。カエデ、何色がいい？」

「えっと……」

うわ、どうしよう。クリームなんて一発で汚《よご》すに決まってる。無難なのはカーキかネイビー？　グレーも汚れは目立たなそうかな……。

「とりあえず、ネイビーを試着してみようか」

迷っているうちに警部が決めてくれた。非現実的空間のカエデは、ほぼ思考が働いていない。決めてもらったほうが助かる。

「では、こちらにどうぞ」

女性スタッフに誘われて試着室に入った。カエデの家の自室よりも広そうな試着室で、濃紺《のうこん》のパンツスーツとエナメルの黒いパンプス、いくつかのアクセサリーを身に着ける。カエデ個人なら絶対に買えない高級品ばかりで、震《ふる》えそうになりながら鏡を見る。

――普段のダサダサな自分とは別人みたい。

「どうだ？」と警部の声がしたので、恥ずかしながら試着室の外に出た。

カエデをひと目見て、警部は「髪、下ろしてみるか」と顎《あご》に右拳《こぶし》を当てながら言った。

「はい」

頭の上部で結んでいた髪を解《ほど》くと、緩くウェーブを描く髪がふわりと肩にかかった。

「素敵。よくお似合いですよ。サイズもぴったりですね」

担当していた女性スタッフが、驚いたようにコメントする。

かなり小柄なカエデだが手足は長いので、Sサイズの洋服なら着られるものが多いのである。

「うん、華《はな》やかになるな。パーティーは髪を下ろして参加してくれたまえ」

「わかりました」

こうなったら、雇い主の指示通りにするしかない。

「ありがとう。お陰で助かるよ」

警部は低くささやき、黒縁メガネの奥の目をスッと細めた。

ドキッ！

やだ、グルメ警部が乙女ゲームのイケメンに見えてきそう。いや待てわたし、それは錯覚《さっかく》だ。この人はアホに思えるくらいのお坊ちゃまで、ややドSっぽい言い方をする雇い主なんだから！

とりあえず落ちつくのだ。まずは礼を言わないと。

「こちらこそ、ありがとうございます。生地《きじ》が軽くて動きやすいです。これなら運転も楽にできそう」

パンプスは現地に着いたら履き替えよう。

カエデは素早くパンプスを脱いでスニーカーを履いた。

「では、これを全部もらいます」

「かしこまりました」

スタッフが警部に向かってにこやかに笑う。

「スーツはそのまま着ていかれますか？」

「そうしてください」

警部が財布からカードを取り出した。最上級ステータスのブラックカードが黒光りしている。

「では、あとでタグをお取りしますね」

ホクホク顔のスタッフにカードを渡した警部が、ひと言つけ加えた。

「ほかの色も全部包《くる》んでください」

「えええっ⁉」

驚愕《きょうがく》の声を漏《も》らしたのはカエデだ。スタッフも目を見開いている。

「そんな、紺、じゃなくてネイビーだけで十分です！　四着ももったいないですよ！」

「カエデ」と警部が真っすぐにこちらを見た。

「はい？」

「私は同じスーツやシャツを最低五着は買うようにしている。毎日なにを着るのか選んで決断するのは効率が悪い。たとえ小さな決断でも、数を重ねれば無駄《むだ》なエネルギーを消費することになるんだ。だから、君にも選択肢を少なくしてあげよう。これから私を送迎するときは、この四着のスーツを着回してくれたまえ」

あんたはスティーブ・ジョブズか！

などと言い返してはいけない。雇い主殿の好意には素直に従わねば。

「さすが久留米さま、素晴らしいお考えです。では、少々お待ちくださいね」

ますますホクホク顔になったスタッフが、素早く準備を整えた。

カエデは自前のセーターとジーンズ、買ってもらったパンプス、それからカーキ、グレー、クリームのパンツスーツを入れた紙袋を抱えた。

「よし、箱根に行くか」

そう言って警部がコートを脱ぐ。

……なんと、コートの下は黒い蝶ネクタイのタキシードだ。着慣れているのか妙にしっくりきている。ますます００７っぽい！

女性スタッフも熱い視線を警部に注《そそ》いでいる。

「……カジノ・ロワイヤル」

思わずダニエル版ボンド代表作のタイトルをつぶやいてしまった。

すると警部はカエデを横目で見て、ふっ、と口の端《はし》を上げてから先に歩き出した。

「警部！　警部は007マニアですよね？」

我慢できずにカエデが問いかける。

「……別に」

あまりに素《そ》っ気《け》ない言い方だ。がっくりしたカエデだが、まあ、このクセの強すぎる人が素直に認めなくても不思議ではない。

絶対マニアだ。そうに決まってる！

勝手に決めつけたカエデは、大股で歩いていく雇い主のあとを追って、デパートの駐車場へ向かった。両手にたくさんの紙袋を抱えて。

❖

「で、どんな事件の捜査なんですか？　何か注意することがあったら教えてください」

高速道路を軽快に飛ばしながら、カエデは後ろの警部に質問をした。

「基本は私の同伴者として振る舞ってくれればいい。だが、事件の内容も軽く伝えておこう」

しきりにPCをいじっていた警部が、画面から目を離さずに言葉を続ける。

「先ほども言ったが、美食倶楽部の会員は金持ちばかり。企業経営者や医者・弁護士、中には著名人の会員もいる。その中に、フリーのファイナンシャルプランナーがいたんだ」

「ファイナンシャルプランナー。投資とか資産運用の専門家ですね」

「ああ。名前は……仮にSとしておく。大手証券会社から独立したSは、知り合いを中心に株の運用で配当金を出す投資ファンド話を持ちかけて、現金を六億ほど集めた。毎月五パーセントの配当を出すと約束してね。契約者の中には著名人もいたそうだ」

「毎月五パーセント、ですか。百万円預けたら毎月五万円もらえるんだ。ってことは……一年で六十万！　すごいですねえ。二年間預けてたら元本《がんぽん》以上のお金がもらえるんだ」

まるで夢のような高配当である。

「そんな美味《おい》しい話、そうそうないのが世の常だ。Sは金融商品取引法に基づく届けを出さず、無許可で投資ファンドを運営していた。いや、ファンドの運営自体がまやかしだった可能性が高い」

「まやかし？」

「ファンドが発足してからしばらくは配当金が毎月支払われていたのだが、三カ月ほど前から止まってしまったそうだ。Ｓ側の理由は、『海外の取引先がマネーロンダリングの疑いをかけられ、自分も疑われて海外当局から口座が凍結された。解除されるまで現金は引き出せないし、株取引もできない。だからしばらく配当を待ってほしい』とのことだったらしいが……まあ、よくある手口だな」

「手口って？」

グルメ警部の話を聞きながらも、カエデは運転に細心の注意を払っていた。それが人を乗せて走るプロの鉄則だ。

「投資に失敗して資金がショートし、いろいろ理由をつけて顧客を待たせているうちに逃亡する。あるいは、初めから投資などせずに集めた現金を配当として顧客口座に振込み、ある程度のところで逃げてしまう。もちろん、資金の一部を自分の懐《ふところ》に入れてね。Ｓの場合はどちらなのかまだ不明だが」

「それって詐欺《さぎ》じゃないですか！」

「詐欺と金融商品取引法違反の疑いがある。しかも、今月に入ってＳは顧客たちとの連絡を絶ってしまったらしい。携帯電話も繋《つな》がらないし自宅マンションにもいない。不審に思った顧客の何名かが警察に被害届けを出した」

「Sが逃亡したってことですよね。ひどい話……」

「しかし、こういった知的犯罪は立件が難しい。『最初から騙《だま》すつもりで話を持ちかけた』という事実を客観的に証明しなければならないので、非常に手間《てま》がかかる。それに、似たようなケースの相談件数が多すぎて、警察も手が回らないのが実情なんだ。捜査したところで警察は金銭トラブルのような民事事件には介入《かいにゅう》しないから、返金の面倒までは見られないしな」

「じゃあ、詐欺にあった人はどうすればいいんですか?」

「一番返金の可能性が高いのは弁護士を雇って訴訟《そしょう》することだな。ただ、騙した側に現金がなければ回収はできない。隠し財産があったとしても、それを発見するのは非常に困難なんだ。弁護士費用だけで赤字になることも多い。それが現状だ」

「なんか、〝騙したもん勝ち〟みたいで不愉快ですね」

胃の辺《あた》りがムカムカとし、カエデはホルダーに入れてあったペットボトルの水を飲んだ。

「だから、私が個人的に捜査しようと思っているんだ。Sは美食倶楽部のメンバーだった。他のメンバーからは被害届けは出ていないが、Sの投資ファンドについて情報を持っているかもしれない。これからパーティーに潜入して探りを入れる。高性能のボイスレコーダーも私の服に忍ばせてある。私が捜査をするときは、つねに会話を録音されていると思ってくれ。カエデは何も知らない振りをして食事をしてくれればいい。ただし……」

「はい？」

「早食いはご法度《はっと》だ。今夜はじっくり料理を味わってくれたまえ」

「はい……」

もちろん、大食いチャレンジじゃないんだから、早食いする気は毛頭《もうとう》ない。

「あと、私のことは警部とは呼ばないように。相手を警戒させてしまうからな。私は不動産投資家で、Ｓの投資ファンドにカネを預けている、という設定で潜入する。カエデは私の秘書ということにしておこう」

「わかりました」

グルメ警部は軽く頷《うなず》いてから、ＰＣで作業を始めた。

隠密の潜入捜査って、本当に００７みたい。わー、ドキドキする！

思いも寄らぬ展開に、カエデのテンションは高まるばかりだ。

――しばらくして手を止めたグルメ警部が、窓の外に目をやって小さくつぶやいた。

「これから行くオーベルジュのオーナーは、日本でも有数のシェフ。最高の料理とワインが味わえるはずだ。私が確保した店のひとつだからな」

「確保？」

「ああ、お気に入りに認定した、という意味だ」

お気に入りが確保？

やっぱりこの人、かなり変わってる……。

「料理、ワイン、車、ファッション、エンターテイメント。なんでもそうだが、私はそれらを生み出す文化の担《にな》い手を、心から尊敬している。〝人類の英知の護《まも》り手〟と呼んでもいい。日々努力を重ね、最高の品を人々に届ける。そんな才能や作品のためなら、カネは惜《お》しまない主義なんだ。中でも、一流レストランのコースほど刹那的《せつなてき》な魅力を持つものはない。吟味《ぎんみ》された素材を極上の料理に仕上げ、芸術的な盛りつけで提供する。口にした途端に消えていくひと皿の尊さは、まるで華やかに消えゆく夜空の花火のようだ。そこに合わさるワインだって、造り手の想いがこめられた素晴らしい芸術品なのだよ。……ああでも、カエデはアルコールが飲めないんだよな」

「え？」

「楽しみだ」

「はい。体質的に受けつけません」

飲めたとしても車だから飲めるわけがない。

「では、ノンアルコールのワインを飲むといい。単なる葡萄《ぶどう》ジュースとは別物だから」

いかにもうれしそうな顔をした警部が、再びPCをいじりだす。

……もしかして、一番の目的は捜査じゃなくて料理？　美食家たちの集まりだから捜査しようと思ったんじゃないの？

いや、まさかそんなわけは……十分ありそう。

湧き出た疑念を胸に秘めつつ、カエデは御殿場《ごてんば》インターチェンジで高速道路を降り、箱根・芦《あし》ノ湖《こ》のほとりにある目的地へと急いだのだった。

「『美食倶楽部』恒例《こうれい》、秋の味覚とワインの集い。今宵は川谷《かわたに》シェフのご協力で、旬《しゅん》の素材を極上のフレンチに仕立ててもらいました。皆さん、存分に楽しんでください。では、乾杯《かんぱい》！」

乾杯！　と周囲の男女が声をたて、シャンパングラスを皆が掲げた。クリスタルのグラスは濃いサーモン色の炭酸飲料で満たされている。

音頭《おんど》を取ったのは、美食倶楽部の主宰者《しゅさい》である中年男性、堀田雅治《ほったまさはる》。グルメ警部と同じようなタキシード姿ではあるが、警部のスマートさには程遠く、七五三の男の子のような、着せられている感が漂《ただよ》っている。

しかし、堀田は二十代で立ち上げたIT企業をあっという間に上場させた辣腕《らつわん》起業家。現在も名物社長として君臨《くんりん》し、豪快で自信たっぷりな物言いのキャラクターでマスコミにも登場する著名人だ。トレードマークの金色に染めた短髪も、〝型破りなビジネス界の風雲児《ふううんじ》〟のイメージに一役買っているに違いない。

彼の横には、ファッション誌で活躍中の美人モデルが座っている。堀田と交際中であると噂《うわさ》の女性だ。胸元の開いた深紅《しんく》のドレス姿がなまめかしい。すごい。タレント社長に人気モデル。リアルで見るの初めてだ。まさか、こんな着席パーティーに自分が参加するなんて、思ってもいなかった……。

ひたすら感嘆しながら、カエデは周囲を改めて眺めた。

高い天井からぶら下がるいくつものシャンデリア、床は白亜《はくあ》の大理石。眩《まばゆ》いばかりにゴージャスなパーティースペース。点々と並ぶ六人掛けの丸テーブルには真っ白なクロスがかけられ、中央の花瓶《かびん》に白い薔薇《ばら》がたっぷりと生《い》けられている。八十名を超えるゲストたちは、例外なく華やかに着飾っている。

箱根を代表するフレンチの名店、『オーベルジュ・フローラ』。

フランスのオーベルジュを意識して造られたというだけに、調度品はすべてヨーロッパのアンティーク風で、どこを見ても美しい。別の棟《むね》にある宿泊施設もフランスの古城のような造りになっていて、スイートルームには暖炉《だんろ》まで設《しつら》えてあるらしい。

大きな窓から外を眺めると、すぐそばに芦ノ湖が広がり、その背後には箱根の山々がそびえ立っている。湖上にいた一羽の大きな鳥が、夕暮れの空にゆったりと羽ばたいていく。都心から日帰り可能な距離なのに、都会の喧騒《けんそう》を完全に忘れさせてくれる、静かで優雅な美食空間。

わたしには縁のなかった世界だ……。

カエデはこの場に足を踏み入れたときから、ずっと場違い感が拭《ぬぐ》えずにいた。身体が硬直《こうちょく》したまま動かせない。

「カエデ、食べないのか？」

右隣りに座るグルメ警部は、上品にナイフとフォークを動かしている。

「あ、いただきます」

目の前の皿に、アミューズとも呼ばれる付き出しが盛られている。黒みがかった焼き菓子のようなものと、オレンジゼリーのような四角くて平たいもの。その横には細かく刻んだ野菜が少量だけ添えられている。

給仕係が皿を配っている間に川谷基文《もとふみ》という老齢の有名シェフが顔を出し、今夜の料理について説明をしていたのだが、緊張しすぎていたカエデは何も覚えていない。

で、どこからどうやって食べればいいんだろ？　ナイフとフォークを操《あやつ》ってみたが、うまく扱えずに料理が逃げていく。

「手で食べられるものは、無理してカトラリーを使わなくてもいいぞ」

「カトラリー？」

「ナイフやフォーク、スプーンなどの総称。美食家の常識だ。覚えておくといい」

常識と言われて若干《じゃっかん》の抵抗感を覚えた。カトラリーなんて呼び方、いま初めて知った。知ってる人のほうが少ないんじゃないの？

まあいいや。お言葉に甘えて、手づかみで食べちゃえ。

腹を括《くく》ったカエデは、中央に黒い粒が載った焼き菓子をつまみ、パクッと口に入れた。「う！」と声が漏れる。

うまい！　うまい！　なにコレ――――！

「キャビアを載せた黒オリーブのマドレーヌ。甘みのない焼き菓子から漂うオリーブの香ばしさと、塩味の強いキャビアとの相性《あいしょう》が素晴らしい。実に独創的な逸品だ」

そう言ってグルメ警部はサーモン色のシャンパンを飲む。

「うん、さすがはボランジェのロゼ・シャンパーニュ。この豊潤《ほうじゅん》な力強さと鮮《あざ》やかな酸味が、どんな料理とも極上のマリアージュを生み出し、舌に馴染《なじ》んでいく。ボランジェは英国王室御用達の名門シャンパーニュ・メゾン。映画『007』シリーズのジェームズ・ボンドが愛飲するワインとしても有名だ。ボランジェをアペリティフとして選ぶとは、さすがとしか言いようがないな」

「へえ、ボンドが愛飲するワインなんだ」

警部が興奮する理由がよくわかった。

「このロゼ・シャンパーニュは、特別な畑で収穫されたピノ・ノワールという品種のみで造った赤ワインを、ほんの少しだけ加えて造られるんだ。野イチゴのような風味とスパイシーなニュアンスが特徴でね」

「警部、ワインに詳しいですね」

「まあ、常識の範疇《はんちゅう》だけどな」

……あなたの常識はわたしの非常識なんですけど。

と言い返したくなってしまった。

「ああ、それからボランジェと言えば……」

まだ続くんかい！

延々とうんちくを語り続ける警部にはお構いなしに、カエデは小さなマドレーヌの美味しさをウットリと堪能《たんのう》する。

むっちりとした生地の食べ心地はマドレーヌのそれなんだけど、黒オリーブの味がかなり濃い。合わさるキャビアのプチプチとした食感がクセになって、もう一個食べたくなる。ほのかな喉《のど》の渇《かわ》きをシャンパンで潤《うるお》したら、さぞかし口の中がよろこぶだろう。

アルコールが飲めないカエデには、白葡萄のノンアルコールワインが提供されていたのだが、警部が言った通りそんじょそこらの葡萄ジュースとはレベルが違っていた。葡萄の味が洗練されているのだ。なんでも、造り方の工程はワインと同様で、発酵《はっこう》させていないだけの高価な飲み物だという。料理との相性もかなりよい。

「オマール海老《えび》のテリーヌも最高だぞ」

警部に言われて、オレンジ色のプルンとしたゼリー状のものをナイフでカットする。中からエビの身が現れた。ひと口頬張ってまた驚愕する。

「美味しい！　すっごく美味しい」

我ながら語彙《ごい》がないと嘆きながらも、それ以上の言葉が出てこない。

「オマール海老の殻で取ったスープの中に身と味噌《みそ》を入れて、煮凝《にこご》りのような状態にしたテリーヌ。オマールを殻ごと食べているようなダイナミックな味がするはずだ」

まさに警部の解説通りである。本来なら食べられない固い殻と、身と味噌の旨味《うまみ》が一体となり、テリーヌの中に封じ込められているような味わい。かすかなサフランの香りが、魚介独特の臭みを完璧に消している。

知らなかった。オマール海老って、こんなに美味しいんだ！

添えてあるのは、蓮根《れんこん》やビーツなどの秋野菜を刻み、オリーブオイルでマリネにしたもの。香草《こうそう》のアクセントが鼻孔を刺激し、口直しには最適な味である。

「すごいお店ですねえ。こんなに美味しいお料理、生まれて初めてです。盛りつけもキレイで驚きました」

感動で目を潤《うる》ませるカエデを警部が横目で見る。

「まだ一皿目じゃないか。このあとも前菜が出て、スープ、野菜料理、魚料理とメインの肉料理。フロマージュ（チーズ）のワゴンがあって、さらにデセール（デザート）へと続く。どれも未体験の幸福感を味わえるはずだ」

そんな警部の言葉は、決して大げさなものではなかった。

ふた皿目の前菜は、イカ墨を練り込んだ黒いパイ生地の上に、フォアグラのクリームを載せた料理。サックリと焼き上げたパイと滑《なめ》らかで濃密なフォアグラは、「幸せー！」と叫びたくなるほどの美味しさ。

そして三皿目は、カプチーノのように泡立てたカリフラワーのスープに、長さが二十センチほどある細長いタラバガニの春巻きを載せたもの。クリーミーなスープからは野菜の風味が強く漂い、一気に飲みたくなるのをなんとか抑えこむのに必死だった。パリパリの春巻きはそのまま食べてももちろん美味《びみ》なのだが、スープに浸《ひた》すとこれまたウマい。

自家製のライ麦パンも最高の焼き加減で、カエデはすでにお代わりをしている。外パリ中フワでいくらでも食べられそうなのだが、ほどほどにしないと警部に迷惑をかけるので、ゆっくり噛んで素朴な麦の風味をとことん楽しむ。

「一皿ごとに提供されるワインが本当に素晴らしいんだ。ソムリエが吟味した珠《しゅ》玉《ぎょく》の品ばかりだからな」

グルメ警部は白ワインの入った大きなグラスを揺らしている。

この一杯だけでも、めっちゃ高そうだな……。

アルコールを受けつけないカエデには、料理とワインとのマリアージュという感覚がよくわからない。しかし、ここの料理が下戸《げこ》の人間でも十分な感動を味わえる、最上級のものであることは間違いない。

「――あの、今夜はどなたかのご紹介でいらしたんですか？」

突然、カエデの左隣りにいた着物姿の老婦人が声をかけてきた。銀髪を美しく結《ゆ》い上げた、品のいい婦人だ。

「あ、えーと、ですね……」

しどろもどろになるカエデ。すかさずグルメ警部が会話を引き取る。

「川谷シェフの息子さん、孝《たかし》さんと懇意《こんい》にさせてもらっているんです。孝さんが支配人を務めている銀座のイタリア料理店をよく利用させてもらっていましてね。その孝さんから美食倶楽部の話を聞きまして、ぜひとも参加したいとお願いしたんです。そしたら、主宰者の堀田さんに取り次いでくれたんですよ」

「そうなんですか。あたくしたちも孝さんのレストランにはよく行くんですよ。ねえ、あなた？」

老婦人が左隣りの老紳士に話しかけた。着物と羽織姿の彼は、見事な白髪の持ち主である。

「ああ。私はあの店のスペシャリテが好きでね。あなたもご存じですか？」

老紳士が厳《きび》しい視線を警部に向けた。

「もちろんですよ。私も好きな一品です。あの店でしか味わえませんから」

にこやかに警部が答えたが、そこで会話は途切れてしまった。

もしや、そのスペシャリテとやらについて具体的な話をする必要があるのではないだろうか。つまり、警部が嘘をついているのではないかと、老紳士が試している……？

おろおろとするカエデには目もくれず、警部は給仕係からワインを注いでもらっていた。そんな警部を老夫婦がじっと見つめている。

ちょっと警部、何とか言ってくださいよ！　気まずいじゃないですか！

カエデの心の声が届いたのか、グルメ警部がゆったりと口を開いた。

「イタリアはフィレンツェの名物料理〝ビステッカ〟。日本では〝Tボーンステーキ〟といった方がわかりやすいですね。強めに焼き上げた大きな骨付きのステーキですが、中はレアでジューシー。実に豪快で味わい深い料理です。他のレストランでも食べたことがありますが、孝さんの店のスペシャリテは格別です」

すらすらと淀《よど》みなく警部がしゃべり終えた。どうやら、本当にその店の常連のようだ。さすがは美食家の御曹司である。

「そうなのよね。この歳になってもあの店のビステッカは食べられるの。すごい量のお肉なのに、あたくしたちふたりで食べちゃうんですよ」

老婦人が目の横にシワを作る。老紳士もしきりに頷いている。

「あの店は手打ちパスタも秀逸《しゅういつ》なんですよね。私は〝リコッタチーズとほうれん草入りのラビオリ〟が好みでして」

声のトーンをやや落として、警部が老婦人と会話を続ける。

「わかりますわ。美味しいフィレンツェ料理をいただきたいなら外せない店ですよね。〝イノシシの赤ワイン煮込み〟とか。あれ、イタリア語でなんていうんでしたっけ……」

「煮込み料理は〝ストラコット〟と言いますね。トウモロコシの粉を練って作る〝ポレンタ〟を添えることが多い。ストラコットとポレンタの組み合わせは最強です」

「そうそう、ストラコット。あらやだ、箱根のオーベルジュに来てるのに、銀座のイタリアンの話で盛り上がっちゃって」

「川谷シェフの息子さんのお店ですから、むしろ、どんどん話して宣伝するべきでしょう」

堂々たる物言いで会話をリードする警部。彼は相手に話を合わせるのが上手《じょうず》だ。老婦人たちの警戒心も明らかに薄れている。

もー警部ってば、心配させないでくださいよ……。

「川谷孝さんのイタリアンレストランなら、僕たちもよく行きますよ」

今度はグルメ警部の右側に座っていた、痩身《そうしん》の中年男性が声をあげた。淡く青色の入ったメガネをかけている。

「久しぶりに食べたくなってきたなあ、ビステッカ」

遠い目をした色つきメガネの男性に、「じゃあ、近々行きましょうか」と同伴者が言った。オレンジのレース仕立てのワンピースを着た、メガネ男性と同世代のグラマラスな女性。口元の黒子《ほくろ》が妖艶《ようえん》な彼女は、警部と会話をしていた老婦人に向かって、「ねえ古屋《ふるや》さん」と親しげに話しかけた。

「どうせなら今度ご一緒しません？　人数が多いといろんなお料理がいただけるし」

「そうね、それがいいわ。ね、あなた？」と老婦人が老紳士のほうを向く。老紳士は「うむ」と答え、「いつ頃がいいかね、渡部《わたなべ》くん」と色つきメガネの中年男性に声をかけた。

早速、スケジュール調整をし始める老齢の古屋夫婦と、四十代くらいの渡部夫婦。カエデたちと同じ円卓に着いていた二組の夫婦は、美食倶楽部の仲間なのだ。

「僕、あさってから有休でインドネシアに行くんです。妻も一緒に。帰国するのが来月なんで、そのあとでもいいですか？」

渡部が申し訳なさそうに言い、「もちろんだよ」と古屋が応じる。

二組の夫婦は銀座のイタリアンに行く日を決めたあと、カエデたちに自己紹介を始めた。古屋夫婦は夫が大手企業の役員を務めた後に引退し、優雅な年金生活を送る日々。一方の渡部夫婦は、妻が恋愛指南のベストセラー本を持つエッセイストで、夫は有名広告代理店の社員だという。

四人とも、美食三昧《ざんまい》の日々を送る人生の勝ち組だ。

グルメ警部は打ち合わせ通り、自分たちを「不動産投資家とその秘書」と偽《いつわ》り、美食に関する話で二組の夫婦に溶けこんでいった。

カエデは会話に入れるはずもなく、精一杯にこやかに頷き続けていた。

和《なご》やかな談笑が続く中、四皿目の料理が運ばれてきた。

「さあ、今夜の特別料理です」

入り口付近の席にいた主宰者の堀田が、立ち上がって声を張りあげた。

「〝燻製《くんせい》天然舞茸のレモンバター風味〟。近隣の山で採れた天然舞茸を燻製にして、レモンバターで仕上げた川谷シェフご自慢の一皿。滋味《じみ》豊かな箱根の秋を堪能してください」

通常の二倍ほどもある大きな舞茸が、丸ごと皿の上に盛られている。燻製の香りをまとった舞茸の存在感が強烈で、キノコ好きのカエデは生唾《なまつば》を飲みこんでしまう。

カットしてひと口食べると、キノコ独特の香りが鼻を抜けると同時に、レモンの爽《さわ》やかな酸味とバターのコク、舞茸の旨味が三位一体《さんみいったい》となって舌の上に広がっていく。

うわ——美味しい——！　と叫びたくなるほどの味である。

「これは素晴らしい」と古屋が唸《うな》り、夫人も「こんなにしっかりした舞茸、初めていただくわ」と笑みをこぼす。渡部夫婦も満足そうに舞茸を食べ、ワインを飲んでいる。

隣りのグルメ警部を横目で見ると、うっとりとした表情でカトラリーを操り、「確保」とつぶやいていた。

やがて、それぞれの皿が空になり、給仕係がその皿を下げはじめた頃、渡部夫人が「今夜のこと、ブログに書こうかな」と言い出した。

「箱根のオーベルジュで、美食家の皆さんと食べた天然舞茸が絶品でした、みたいな。……こう言っちゃなんだけど、今夜は鷺島《さぎしま》さんがいなくてよかった。あの人キノコ嫌いだから、いたらきっと別のメニューになってたと思う」

すかさず夫の渡部が「確かにそうだな」と苦笑《くしょう》する。

「キノコだけじゃなくて蕎麦《そば》とかピーナッツとかいろんなアレルギーがあったから、彼が美食会に参加すると食材が限定されちゃうんだよな」

「そうそう。危ないのは食品だけじゃないって言ってたから、相当なアレルギー体質なんでしょうね。ワインにもうるさくて、〝シャトー・モン・ペラ〟が用意されてないと機嫌《きげん》が悪くなるのよ。アイツがいるとめんどくさいんだよって、主宰の堀田さんも言ってたわ。面白《おもしろ》い人だから、鷺島さんが食事会にいたら盛り上がるんだけど」

そんな渡部夫婦の会話に、グルメ警部が鋭く反応した。

「鷺島さんって、もしかしたらファイナンシャルプランナーの鷺島誠《まこと》さんですか？」

ファイナンシャルプランナー。つまり、投資詐欺容疑者のS？

カエデは手と口を動かしながら会話に耳を傾ける。

「あら、久留米さんも鷺島さんをご存じなんですか？」

渡部夫人がすぐさま警部に問いかける。

「ええ。投資の相談をさせてもらっていました。実は鷺島さんからも美食倶楽部の話を伺《うかが》っていたんです。そういえば今夜はいらっしゃらないんですね」

さすが非公式に捜査をする警視庁の警部。とぼけた演技がうまい。

「そう、お知り合いだったんだ。じゃあ久留米さん、鷺島さんが今どこにいるのか知ってます？　あたし、今すぐ彼と話したいんですけど」

真剣な顔で渡部夫人が警部を見た。

「それが、私も連絡がつかなくて困っているんです」

するとそのテーブルにいるカエデ以外の全員がため息を吐いた。

「ひょっとして、皆さんも連絡が取れないんですか？」

警部の質問に「そうなのよ」と即答したのは、古屋夫人だった。

「鷺島さん、三カ月くらい前から連絡が取れなくなってしまったの。あたくしも鷺島さんと話したいことがあるのに……」

もしや、この人たちも投資ファンドの顧客なのか……？

「皆さん、鷺島さんのＳＮＳはご覧になりました？　実は、探してみたけど見つからなかったんですよね」

グルメ警部がさりげない口調で四人に問う。

「あたくしと主人はＳＮＳなんてやらないから。でも、渡部さんたちは鷺島さんと繫《つな》がってるのよね？」

「一応。彼は『ＦＰマコト』って名前でインスタグラムのアカウントを作って、四カ月くらい前から投稿を始めたんです。今も投稿は続いてるんだけど、ダイレクトメッセージを送っても返事がないんですよ。電話にも出ないし」

渡部夫人は悔《くや》しそうな表情で警部に訴える。

「ＦＰマコト、ですね。そのアカウントの存在は、鷺島さんご本人から教えてもらったんですか？」

「ってゆうか、あたしがアカウントを作ってあげたんです。あの人SNS嫌いだったから何も知らなくて。プロフィール画面を作るだけでも、かなり時間がかかったんですよ。あと……」

「皆さん、どうしました？　なにやら深刻そうだけど」

背後から声がしたのでカエデが振り返ると、金髪の堀田が立っている。小柄でポッチャリ体型、目玉が大きくて左右によく動く。

「今、鷺島さんの話をしていたのよ。あ、こちらは不動産投資をされている久留米さんと秘書の燕さん」

古屋夫人が紹介してくれたので、カエデたちは堀田に挨拶をした。

「今回は川谷孝さんのご紹介で参加させていただきました。お噂通り、素晴らしい美食会ですね。堀田さんが主宰されていると聞いたので、どうしても参加したかったんです。料理はもちろん、ワインのセレクトも本当にお見事です」

グルメ警部の賛辞が心地よかったのか、堀田はご機嫌な様子で「それはどうも」と前歯を見せた。「で、久留米さんも鷺島を知ってんの？」

「半年ほど前に麻布《あざぶ》のバーで知り合いました。高配当のファンドを勧めてもらったんですけど、鷺島さん、トラブルが起きたようで。ちょっと心配しているんです」

高配当のファンド、と警部が発言した瞬間、その場にいる全員がハッとした表情を浮かべた。

「……もしかして久留米さん、鷺島のファンドに乗っちゃってる？」と堀田。

「ええ。著名な方も利用しているようですし、いただいた資料もしっかりしていたので」

「それは災難だったね」

「災難？」

「だって、行方《ゆくえ》知れずなんでしょ、鷺島。なんかヤバいことになってそうだよね。俺は乗ってないから関係ないけど」

ずけずけとものを言うのは、堀田の特色である。

「鷺島さんと連絡が取りたいんです。堀田さん、何かご存じないですか？」

警部が悲壮感を滲《にじ》ませながら質問をする。

「知ってるよ」

さらりと堀田が答えた。古屋夫婦と渡部夫婦が身を乗りだす。

「アイツのことは大学時代からよく知ってる。同じサークルだったからな。昔からケチくさくてセコい男だったよ。偏屈《へんくつ》でプライドが高くて。どうせ投資ファンドも失敗こいたんだろ。よく知らないけど。カネを預けてた人には気の毒だけど、投資は自己責任だから」

辛辣《しんらつ》な堀田の言葉に、場の空気が瞬時に凍った。

その空気を、警部の穏やかな口調が和《やわ》らげる。

「そうですか。では、鷺島さんが今どこにいるのか、堀田さんはご存じないんですね」

「知らないね。ただ……」

堀田が背筋をグッと伸ばす。

「鷺島が俺に助けを求めてきたら、俺は全力でアイツを助ける」

感動的なくらい、彼は力強く言いきった。

「ま、噂話はほどほどにして、食事を楽しんでくださいよ」

クシャッと笑ってから、堀田は自分のテーブルへと戻っていった。

なるほどね。言葉はきついけど、男気《おとこぎ》のある人なんだろう。

カエデは堀田という人物を見直したのだが……。

「堀田さん、あんなこと言ってるけどさ」

苦々《にがにが》しい表情でつぶやいたのは、人気エッセイストの渡部夫人だった。

「鷺島さんの投資話、インスタで宣伝すればいいってアドバイスしたの堀田さんなのよ。あたしがFPマコトのアカウントを作ってあげたとき、堀田さんも横で一緒に見てたんだから。なのに投資は自己責任だなんて他人《ひと》ごとみたいに……」

「堀田さん、ちょっと無責任だよな」と夫の渡部も賛同する。

「もしかして、渡部さんたちも鷺島さんのファンドに？」

古屋夫人に尋ねられ、渡部夫婦が渋々頷く。

「あらそう。実はね、あたくしたちも少しだけ。鷺島さん、自分が責任を持って資産を増やしますって言ってたから、ついね。まあ、余裕資金だったから騒ぎたてるつもりはないけど、美味しい話なんて信じちゃいけなかったのかもしれないわね」

おっとりと古屋夫人が微笑む。

「うちも少しだけだけど、このまま鷺島さんに逃げられでもしたら……。そうなったら許さない。あたしが絶対に探し出してやる」

「おい、そこまでにしとけよ。せっかくの美食会なんだから」

語気を荒《あら》げた妻を、渡部が戒《いまし》めた。

「その通りだ」と、古屋が野太《のぶと》い声で言った。着物姿のせいなのか、やけに威厳《いげん》を感じる。

「鷺島くんにも事情があるんだろう。株価ってのは水もんだし、苦労しているのかもしれない。そのうち元気で現れるさ。気分を変えて食事を楽しもう。そろそろ次の料理が来る頃だ」

古屋の言う通り、給仕係たちが皿を手にやってくる。美味しそう、いい香りだ、と皆が言いはじめ、テーブルに和やかな空気が戻ってきた。

……鷺島に騙されたのかもしれないのにこの余裕。金持ちたちの感覚が、カエデには理解できない。

「カエデ、私たちも楽しもう。せっかくのディナーを無下《むげ》にするのはもったいない」

「そうですね」

グルメ警部のひと言で、カエデも気分を変えて食事に集中することにした。

そのあと、魚料理の〝太刀魚《たちうお》のポワレ、カボスとアンチョビのソース〟で皮目がパリッとした白身の旨味を堪能し、メインの〝蝦夷《えぞ》鹿のロースト、菊芋とトリュフのソース〟では、意外なほどクセがなく柔らかな蝦夷鹿の肉と、香り高きトリュフとのハーモニーを満喫。

自家製ライ麦パンを五回もお代わりするという失態をやらかしながらも、ワゴンで提供されるチーズやデザートもたっぷり楽しんだ。

カエデにとって生まれて初めての高級フレンチ。しかも、超一流シェフが厳選食材で綿密《めんみつ》に作り上げたコース料理とあって、終始ふわふわと夢の世界を漂っているような食体験だった。

とはいえ、ただ食べているだけではなく、その場で入手した鷺島に関する情報を、頭の中で整理しておくことも忘れずにいた。

行方不明中の鷺島はキノコ嫌い。蕎麦やピーナッツなどのアレルギーがあり、相当なアレルギー体質。ワインにこだわりがあって、好みの銘柄が用意されていないと機嫌が悪くなるらしい。

鷺島の投資ファンドの顧客が、古屋夫婦と渡部夫婦。連絡がつかない鷺島に対し、渡部夫人は憤慨《ふんがい》しているようだが、古屋夫人は余裕資金だから騒ぐつもりはないという。鷺島を信じたいのか、あるいは自分が騙されたと信じたくないのか……。

それから、渡部夫人の証言で、鷺島が四カ月ほど前からFPマコト名義でインスタを始めたことが判明。アカウントを作成したのは渡部夫人。プロフィール作りに時間がかかったとのこと。

鷺島にインスタを勧めたのは、大学のサークル仲間だった堀田。「ヤバいことになってそう」と鷺島について語っていた堀田だが、鷺島から求められたら助けるつもりでいるらしい。

――これらの情報が、鷺島の行方を知る上でのヒントになるかもしれない。

カエデは自分の血が騒ぎ出していることを、強く感じていた。

❖

オーベルジュの駐車場からミニクーパーを出すや否や、カエデはグルメ警部から路肩に停めるよう指示された。

「今、FPマコトのインスタを確認した。最新の投稿が五日前にアップされたようだ。レストランの料理写真をあげている」

「わたしも見ていいですか？」

「もちろん。カエデは私のワトソン役なんだから」

ワトソン……そう言ってもらえるとうれしい！

カエデはやや興奮しながら警部のPCを覗《のぞ》きこんだ。

カットされたロースト肉とワインレッドのソースが皿に美しく盛られ、その横に赤ワインの入ったグラスとボトルが写っている。テーブルの奥が見切れており、胡《こ》蝶蘭《ちょうらん》の鉢植えが写りこんでいる。

ピンクの艶《あで》やかな胡蝶蘭が咲き誇る鉢植えには、祝い用のカードが飾ってあり、〝祝・二十周年　メゾン・ド・ポワン様〟の文字が確認できる。

「本人コメントがあります。『鴨ローストのイチジク入り赤ワインソース。私を信じてくださる方々に感謝しながらいただきました。いいワインを呑み、美味しいものを食べると元気が出ます。私も皆さんのために頑張らないといけませんね。次は、青首《あおくび》を求めてハンターの店に行きたいです』。……逃亡中なのに優雅なもんですねえ」

カエデは呆れながら他の投稿写真もチェックした。

四カ月ほど前に立ち上がったＦＰマコトのアカウント。週一ペースの更新で十五枚ほどの写真しかアップされていないが、そのすべてが高級フレンチ、イタリアン、寿司、中華など、自分が食べた料理を撮ったものだった。

フォアグラ、トリュフ、大トロ、フカヒレ、アワビ等々、バブリーなことこの上ない。

プロフィール画像には本人の写真が貼ってある。べっ甲のメガネをかけた小太りの中年男性だ。

「ファイナンシャルプランナー・ＦＰマコトです。ご相談大歓迎。飲み友だちも募集中」と自己紹介があり、携帯番号まで記載されている。

「先ほどその番号にかけてみた。携帯電話は生きている。ただ、繋がるけど応答はない」

「今も逃げてるんですね。警部、この鷺島って人、マジ最低ですよ。配当を待ってる人がいるのに高級料理をアップし続けるなんて、なに考えてんの？　って感じじゃないですか？」

憤慨しながらカエデが問うと、警部は素早く返答した。

「これは顧客へのメッセージかもしれない。自分が無事であると示すことでファンド復活の可能性を客側に与え、時間稼ぎをする。知的犯罪に手を染める者なら考えそうなことだ」

「なるほど……」と相槌《あいづち》を打ちながらも、カエデの胸のモヤモヤは消えなかった。

鷺島という男が厚顔無恥《こうがんむち》な鈍感野郎《どんかんやろう》としか思えない。

「じゃあ、この『青首を求めてハンターの店に行きたい』って、どういう意味なんでしょうか？　青首って、まさか青首大根のこと？」

「大根のわけがないだろう」

速攻で否定されてしまった。

「鴨料理の写真に対するコメントなので、おそらく真鴨《まがも》の雄《おす》のことだ」

「マガモ？」

「真鴨の雄を青首と呼ぶんだ。雌《めす》は全身が茶色の羽《はね》だが、雄は首から上がベルベットのような緑の羽に覆われている。だから青首。フランス語でコルヴェールと言う、非常に味のよい鴨だ。日本では、北海道以外は毎年十一月十五日から翌年二月十五日まで狩猟《しゅりょう》が許可される」

すごいぞグルメ警部。グルメの知識がハンパない。

「コルヴェール。あの豊かな香り。ほどよい弾力の赤身と、しっかりと入った脂の甘み。滅多に食べられないからこそ、鴨の中の鴨と呼ぶにふさわしい味。ソースで食べるフレンチも最高だが、あっさりと塩焼きにするのもいいし、今の時期は鴨鍋も捨て難い。フレンチにするか、焼き鳥にするか、鍋にするのか……悩ましい問題だ」

どこか遠くを見ながら警部が語り続ける。適当なところでツッコミを入れよう。

「警部、そろそろいいですか」

「……ああ、失礼」

我に返った彼が、黒縁メガネの縁を押さえる。

「十一月十五日ってことは、明日から青首猟が解禁されるんですよね？」

「そうだ。鷺島は明日以降に、青首を食べに行くのかもしれない」

「じゃあ、そのハンターの店を張り込みましょう。ヤツを捕まえるチャンスですよ！」

息せき切ってカエデは警部を見つめた。

張り込みは、警察官になりたかったカエデにとって憧れの行為だ。店が見える場所に車を停め、ドラマの刑事よろしくアンパンを食べながらウォッチングするのだ。グルメな警部の場合、ただのアンパンでは満足しないかもしれないけど。

だが、警部は眉をひそめてPCに目を落とす。

「店主が猟師《りょうし》で青首を出す店は多いからな。どの店なのか絞りきれない」

「なんだ、そっか……」

ハンターの店なんて、そう多くはない特殊な店かと思ったのに。

グルメ知識が皆無のカエデは、しゅんと肩を落とす。

「とりあえず、だな……」

猛烈な勢いでPCを操作しながら、警部が言った。

「フレンチにしよう」

「はい？」

「焼き鳥も鍋も素晴らしいが、フレンチの誘惑《ゆうわく》は格別だ」

……まさかこの人、ずっと鴨の食べ方を検討していたのだろうか？

「検索した。メゾン・ド・ポワン。荻窪《おぎくぼ》にあるフレンチレストランだ」

警部が動かしていた手を止め、ＰＣを凝視《ぎょうし》する。

「ああ、ＦＰマコトが鴨を食べた店ですね」

ホッと胸を撫《な》で下ろす。聞き込みのために行くのだろう。カエデも同行してくれ」

「ネットで見たら、明日の六時の席に空きがあった。カエデも同行してくれ」

「え？　もしかして食事もするとか？」

驚くカエデの目の前で、彼はいたって真面目な表情を見せた。

「もちろんだ」

「でも、聞き込みなのに食事も必要なんですか？」

つい疑問を口にしてしまった。

「必要なのかそうじゃないのか、決めるのは私だ。君がどうしても嫌だというのなら、車で待機してもらってもいいのだが……」

「いえ、必要ならわたしも行きます」

すると警部は「よし」と頷いたあと、小声でつけ足した。

「よかった。レストランに男ひとりで行くのは、気恥《きは》ずかしいからな」

だからわたしを助手にしたんですね！　女連れだと様になるから！

きっとそうだ。そうに違いない！

と確信したカエデだが、すぐさまFPマコトのインスタで見た鴨のローストを思い出し、行くならアレを食べてみたいと、不謹慎《ふきんしん》ながらも胸を躍らせてしまったのであった。

翌日。カエデは警部に揃えてもらったパンツスーツのグレーを着込み、いつも通りシャレたスーツ姿の警部と共に、荻窪の『メゾン・ド・ポワン』を訪れていた。

路地裏に建つビルの一階にある、小さなフレンチレストラン。店内は二十周年を迎えたとは思えないほど清潔感にあふれている。厨房《ちゅうぼう》を囲むようにカウンター席が設えてあり、十名ほどが座れるようになっていた。テーブルは二卓のみで、予約のプレートが置かれている。

ここは地元の人々に愛される名店。アットホームな店構えだが、三ツ星店で修業したシェフの本格フレンチが食べられる——。などとネットの紹介記事にあったけど、居心地のよさそうな雰囲気が「本当に美味しい店ですよ」と主張しているように感じる。

◈

カエデたちは、入り口から見てカウンターの一番奥の席に通された。カウンター上の皿に布ナプキンとカトラリーがセットされており、期待感を煽《あお》る。

カウンター内の厨房では、壮年の男性シェフが忙しそうに動いている。寸胴鍋《ずんどうなべ》から立ち上がる湯気《ゆげ》とバターの香りが、カエデの空腹感を刺激して止《や》まない。開店直後のためなのか他の客の姿はなく、クラシック音楽が静かに流れている。

「あの席に座っていたようだな」

ふいにグルメ警部がつぶやいた。

あわててその席に目をやる。一番奥のテーブル席。横の棚に胡蝶蘭の鉢が並んでいる。カエデはスマホを取り出してFPマコトのインスタを開き、アップされた写真と照らし合わせてみた。

「胡蝶蘭が写りこんでる。間違いないです、あの席で鴨を食べたんですよ」

すでにドリンクメニューを眺めていた警部が、軽く頷いてみせる。

「今夜も鴨を頼んである。前菜、スープ、メインの軽いコースだ。メインは鷺島と同じにしておいた。〝鴨ローストのイチジク入り赤ワインソース〟だ」

鴨！　やった！

一瞬だけ舞い上がったカエデだが、すぐに冷静さを取り戻し、「ここの食事、本当に捜査に必要なんですよね？」と、改めて警部に疑問を投げかけた。

「しつこいぞ。必要だと言ってるじゃないか」

「それならいいんですけど……」

この人の目的は、事件の捜査よりも食事のほうが上なのではないのか？

そんな疑念が、カエデはどうしても拭えずにいた。

「お飲み物はどうされますか？」

カウンターの中から女性支配人が問いかけてきた。ぱっと見は若いけど、醸《かも》し出す貫禄《かんろく》と落ちつきからして四十代かな、とカエデは推測した。

「お待ちください、マダム」

うわわ、マダム！　フレンチだからマダムって呼ぶんだ。危ない、うっかり「お姉さん」と呼んでしまうところだった。

「カエデはどうする？」

警部がドリンクメニューを渡してきた。ソフトドリンクの欄をチェックし、「自家製ジンジャーエールをください」とオーダーする。

「私はシャトー・モン・ペラ・ルージュを」と警部が告げた。

「ボトルでよろしいでしょうか？」

「ええ、結構です」

「かしこまりました」

シャトー……。あ、もしかして！

「それって鷺島が好んでたワインですよね？」

「そうだ。インスタにも鴨と共にボトルが写っていた。私がアペリティフもなくいきなり赤を飲むことなんてまずないのだが、今回は捜査なのでね」

すました顔で警部が言う。

「そのシャトーなんとかって、有名なワインなんですか？」

「まあ、ワイン好きなら知らない人はいないだろうな」

ゆっくりと手を組んでから、彼はうんちくを述べはじめた。

「シャトー・モン・ペラはフランスのボルドーで二百五十年以上も続く由緒《ゆいしょ》あるシャトーだ。日本ではワイン漫画『神の雫《しずく》』で紹介されてから人気に火がついたと言われている。いま頼んだシャトー・モン・ペラ・ルージュは、メルローという品種を主体に造られた赤ワインで、非常に口当たりがよく奥が深い。シャトー・ラフィットやシャトー・マルゴーなど、フランスの五大シャトーに勝《まさ》るとも劣らないクオリティなのに、価格はリーズナブル。そのコスパのよさも人気の要因だと思われる」

「なるほど、勉強になります」

「あ、それからシャトー・モン・ペラは……」

まだ終わらんのかい！

ツッコミたい気持ちをなだめて解説を拝聴しているうちに、飲み物が運ばれてきた。

マダムが黒いボトルからグラスに赤ワインを注ぐ。ゴールドの文字入りのラベルの貼られた美しいボトル。そこからあふれ出てきたのは、やや黒みがかったルビー色の液体だ。

「……キレイ。なんか、飲んでみたくなりますね」

「飲むか？　運転代行を頼んでもいいぞ」と警部は言ってくれたのだが、「またの機会にします」と首を横に振る。

「わたしはジンジャーエールで十分です。こっちも美味しそう」

泡の立つジンジャーエールのグラスには、ライムの薄切りが添えられている。味は……ジンジャーの風味が濃くて爽やか。警部もワインを美味しそうに飲み、「シルキーな滑らかさだ」とつぶやいた。

「こちら、一皿目の前菜です」

マダムが二つの皿をカエデたちの前に置いた。たまらなくいい香りがする。

「鴨とヘーゼルナッツで作った〝鴨のパテ・メルバトースト添え〟。そして、お客様のリクエストで作らせていただいた〝オムレツ〟です。ごゆっくりお召し上がりください」

「オムレツ？　リクエスト？」

小さなカップに入ったピンク色のパテを、カリカリに焼いたミニトーストが数枚取り囲んでいる。その横で、ごくシンプルなオムレツが湯気をたてている。

「なんでオムレツなんですか？」

思わず警部の顔を見た。

「なぜオムレツなのか？　それはだな、オムレツが洋食文化における始祖のような料理だからだ」

警部はカトラリーを構え、皿を凝視する。

「卵だけで作るオムレツ。フランス語のomeletteから名づけられたとされ、かのナポレオン一世の好物だったとも言われている。私はね、プレーンオムレツほど料理人の腕がわかる料理はないと常々思っているんだ。下ごしらえ、火入れ、味つけ、盛りつけ。シンプルすぎて誤魔化しようがない。だから、私は初めて入るレストランでは、必ずオムレツをオーダーするようにしている。メニューにはなくても、卵とバターは大抵の店にあるからな。まあ、作ってもらえない店もたまにあるが、その対応すらも私のレストランに対する評価になる」

あんたはミシュランの調査員か！

叫び出したくなった衝動をどうにか抑えたカエデの前で、警部は出来立てのオムレツを食べはじめた。

「うん、いい味だ。ホイップしてから焼いた卵が、エアリーで軽やかな口当たりを醸し出している。火の入れ加減も素晴らしい。表面はしっかり、中はほどよい半熟。卵の鮮度もいいしバターの質も高い。赤コショウが味を引き締めている。……

この店も確保できそうだな」

でた、「確保」。お気に入りになりそうな店、ってことか。返す返す変わった雇い主だ。

「余談だが、フランスのモン・サン・ミシェルでは、卵を泡立てふんわりと焼き上げるオムレツ〝スフレリーヌ〟が名物なんだ。空気を入れることで、僅かな食材でも満足感を得られるように考案された、スフレの元祖とも言える料理なのだが、これが実に味わい深くて……」

「警部、わたしも食べていいですか?」

もう我慢できない。腹の虫が鳴りまくっている。

「ああ、失礼。おしゃべりがすぎたようだ」

「いただきます!」

カエデもオムレツを口にする。——ふわっふわでバターの風味が強くて中から黄身の味の濃い半熟卵がトロリとあふれてきて……。

「美味しい!」としか相変わらず言えない。

「オムレツって、奥が深いんですね……」

ため息と共につぶやくと、警部は「わかってもらえたのなら幸いだ」と、満足そうに頷いた。

鴨とヘーゼルナッツのパテも当然のごとく美味だ。むっちりと詰まった鴨肉のミンチは食べ応えがあり、コリコリとしたナッツの食感がクセになる。そのパテをカットして載せたメルバトーストが、あっという間に胃袋に消えていった。

続いて登場した〝ポルチーニのポタージュスープ〟は、今が旬《しゅん》で香り高いポルチーニ茸《たけ》と、生クリームを贅沢に使った逸品。自家製ブリオッシュと共に提供されたのだが、そのブリオッシュをスープと一緒に食べたときの衝撃《しょうげき》たるや、カエデがついブリオッシュのお代わりを三度も頼んでしまったほどである。

そしてついに、待ちかねていた〝鴨ローストのイチジク入り赤ワインソース〟が登場。まったく臭みがなく、極めて柔らかい鴨肉。しっとりとした脂身としっかりとした赤身とのバランスが絶妙で……。

「スイーティーかつフルーティーなイチジクと赤ワインのソースが素晴らしいね。鴨にはこういった果実系の甘いソースがよく合う。シャトー・モン・ペラ・ルージュとのマリアージュも抜群だ。鷺島はいいセレクトをしたようだな」

グルメ警部は感心しながらメイン料理とワインを楽しみ、ついには完食してしまった。もちろん、カエデも。捜査で来ていることが忘却の彼方《かなた》になってしまいそうなくらい、その鴨ローストは美味だった。若干、量が少なめだったけど。

「――お味はいかがでしたか？」

　空いた皿を下げながら、マダムが笑顔で訊ねてきた。

　最高です、美味しいです、とカエデたちは口々に料理を褒《ほ》め称《たた》える。

「ありがとうございます。前菜でオムレツをお出ししたのは初めてだったので、安心いたしました」

　マダムが微笑んだ直後、警部はカバンからPCを取り出し、いきなり核心的な質問をした。

「ちょっと伺いたいのですが、つい最近、この男性が鴨料理を食べに来たはずなんです。覚えてらっしゃいますか？　鷺島さんという方なのですが」

　FPマコトのプロフィール画像と、この店で撮った鴨料理の写真を見せている。

「……あの、どういったご事情でお尋ねになっておられるのでしょう？」

　戸惑《とまど》うマダムに「失礼しました」と頭を下げ、警部はスーツの胸元から名刺を取り出して手渡した。

「……警部さん？」

「はい。ある案件の捜査をしておりまして。ご協力願えますか？」

　マダムはやや緊張の面持《おもも》ちで、「鷺島様なら覚えております」と言った。

「どんなことでもいい。覚えていることをすべて話してください」

しばらく考えたのちに、マダムは警部に向かって証言を始めた。

いらしたのは先週の日曜日です。おひとりでした。服装は……わりとラフな感じで、べっ甲のメガネをかけていたのを覚えています。初めはカウンター席に座っていただいたんですけど、奥のテーブル席が空いたときに「移っていいですか」と言われたので印象に残ってるんです。その席は次のご予約が入っていなかったのでお通ししました。

何をお出ししたのか、ですか？

えーと、鴨のコースをオーダーされたので、先ほどおふたりに食べていただいた〝鴨とヘーゼルナッツのパテ〟と、〝特製生ハムサラダ〟を前菜でお出ししました。キノコが苦手とのことだったので、スープはオススメの〝ポルチーニのポタージュ〟ではなく、〝フォアグラ入りオニオングラタンスープ〟にしました。

あと、メインの〝鴨ローストのイチジク入り赤ワインソース〟が美味しい、ワインとよく合うと何度も褒めてくださいまして。そうそう、シャトー・モン・ペラ・ルージュが置いてあることも大変よろこんでくださいました。一番好きなワインだと。

そうだ、警部さんが同じものを注文されたので思い出しました。

電話がかかってきたんです。鴨を召し上がったあとで。どなたかと深刻そうに株取引のお話をされていました。「投資は自己責任です」って、少し声を大きくされていました。


なるほど、とカエデは唸《うな》ってしまった。

同じコースとワインを頼んだからこそ、マダムが思い出すこともあったのか。ただ、それが証言を引き出すための狙いだったのか、まったくの偶然だったのかは不明だけど。

まだ懐疑的《かいぎてき》なカエデの横で、グルメ警部は身じろぎもせずにマダムの話を聞いている。


あとは、お帰りになる前に「もうすぐ鴨猟の解禁ですね。青首が食べたいな」と言われました。青首はなかなか手に入らないので、「うちがお付き合いしている猟師さんに頼んでおきましょうか？」と提案したら、「どこの猟師さんなのか教えてほしい」と言われて。

その猟師さんは奥様が居酒屋を経営されていて、ご自身が獲《と》ったジビエを提供されているので、そこをお教えしました。お昼から営業されている美味しいお店だと言ったらとてもよろこばれて、「必ず食べに行く」っておっしゃってました。

「その居酒屋とは？」

警部の問いに、マダムは「うちのすぐそばにある『旨い処カズキ』というお店です」と答えた。

――ということは、そこがハンターの店！　鴨猟の解禁日、つまり今日以降にその店を張り込めば、鷺島が現れる？

「警部、やりましたね」

思いがけず入手した重要情報。カエデは興奮を隠しきれない。

「ご協力ありがとうございます。大変参考になりました」

すると、マダムがおずおずと警部に話しかけた。

「実は、最後に鷺島さんが妙な冗談をおっしゃったんです」

「冗談？」

「人生の終わりに食べるのは、青首と決めてるんです、って」

人生の終わり？　聞き捨てならないセリフだ。

まさかとは思うが、自殺をほのめかしていた、なんてことはないよな……？

「そのときの鷺島さん、なんだか暗い顔をされていて。何かの事件に関係されているのなら、ただの冗談ではない気がしてきて……」

「大丈夫です。あとは我々が捜査しますので、ご安心ください」

「そうですか……。あ、いらっしゃいませ」

マダムが入り口ドアのほうに目をやった。予約客が入って来たのだ。

接客でマダムが離れたあと、警部はすぐにスマホを取り出した。

「今の証言、念のため署に連絡しておく」

「はい。わたしはインスタをチェックします。更新されているかもしれない」と言いながら素早くＦＰマコトのインスタを開く。——えっ？

「警部、ちょっと見てください！」

席を立った彼を呼び止め、インスタ画面を突きつける。

「たった今、新たな写真がアップされました。鴨鍋の写真です！」

居酒屋風の店内。小さなひとり前用の鍋の中で、鴨肉と長ネギがグツグツと煮えている写真だ。

記事を見た警部が、すぐさま財布を開く。

「マダム、申し訳ないが急用が入りました。デザートワインが楽しめなくて残念ですが、チェックをお願いします」

「あ、はい」とマダムがレジへと急ぐ。

「どうかしたんですか？」

問いかけたカエデに、警部は「鴨鍋写真のコメント欄だ」と告げた。

あわてて読んでみる。

『たった今、最後の晩餐《ばんさん》が終わりました。青首の鍋、大変美味でした。ワイン好きな自分ですが、最後に選んだのは熱燗《あつかん》。日本の酒を呑めて幸せです。もう思い残すことはありません。ご心配をおかけした皆様、本当に申し訳ありませんでした』

——それはまるで、遺書《いしょ》のような内容だった。


『メゾン・ド・ポワン』を飛び出したカエデとグルメ警部は、マダムから聞いた居酒屋『旨い処カズキ』へ直行した。

雑居ビルの二階にある小さな店は、多くの客で賑《にぎ》わっている。カエデは真っ先に、壁の上部にある本日のオススメが書かれたボードを見た。その一番目立つ場所に、「貴重なマガモの雄〝青首〟入荷！　鍋でも焼きでもOK」とある。

警部は名刺を手に女性店員を呼び止め、FPマコトのスマホのインスタ写真を見せた。

「この人物を捜しているんです。写真の鍋、こちらで出しているものですか？」

「は、はい」

「この男性に見覚えはないですか？」

「……少々お待ちください」

女性店員が店長を呼んできた。警部が改めて店長にスマホ画面を見せると、「今日、いらっしゃいましたよ」と答えた。

やった、新情報入手。今日はガチでついてる！

カエデは片手を強く握りしめた。

「それは何時くらいですか？」

「午後一時半くらいですね。このお客様に時間を訊かれたので、よく覚えてるんです」

「ほかにも話をしませんでした？　どんなことでもいいので思い出してください」

「そうですね……席につくとすぐに『青首ありますか？』と訊かれたので、『今朝の獲《と》れたてがあります。鍋と焼き、どちらもオススメです』と答えました。お客様は『最後は鍋かな』とおっしゃったので、おつまみの締《し》めにされるのかと思ったんですけど、『料理は鍋だけでいい』と言われまして……。それから……お酒は熱燗を注文されて、かなりの本数を飲んでいらっしゃいました」

「次にどこへ行くか、帰る前に言っていませんでしたか？」

「いえ、特になにも……」

そのとき、警部のスマホに着信があった。

「ありがとうございます。ちょっと失礼」

スマホを手にした警部が店から出たので、カエデも店長に会釈をしてあとを追う。

「——なに？　飛び降り自殺？」

グルメ警部は、茫然《ぼうぜん》とした表情でスマホを握りしめていた。

❖

鷺島誠が都内のビル屋上から身を投げた。

その一報をグルメ警部に電話で伝えたのは、カエデも面識のある警部の後輩で、強行犯捜査係の小林巡査部長だった。大食いチャレンジをしたステーキ店で、警部と一緒にいたチャラ男風の刑事である。

小林は事件捜査に携《たずさ》われない警部のために、いろいろと便宜《べんぎ》を図ってくれるそうだ。今回の投資ファンド詐欺事件に関しても、なにかと情報を探っては、随時《ずいじ》報告していたらしい。そのため、鷺島が飛び降りた件も、いち早くグルメ警部の耳に届いたのだった。

「——鷺島は、三時間ほど前に病院に運ばれた。警察はインスタに本人が書きこんだ内容なども鑑《かんが》みて、自殺の方向で考えているそうだ」

グルメ警部から聞いたとき、カエデは息が止まりそうになった。

必死に行方を捜していた人物が、まさかそんな結末を迎えるとは……。

インスタ上でしか知らない鷺島だったが、やるせなさで言葉が出てこなかった。

ただ、メゾン・ド・ポアンのマダムの証言や、インスタでのほのめかしで最悪の状況もあり得ると思っていたため、驚いたというよりは「間に合わなかった」という後悔《こうかい》の念が強い。

もう少し早く居酒屋にたどり着けたら……と考えずにはいられなかったが、グルメ警部の前では何も言わなかった。非公式の捜査でありながらも、できる限りのことはしたのだ。仕方がないと思うしかない。

居酒屋から駐車場に戻る道すがら、警部は何度もカエデに謝罪をした。

「こんなことになるとは想定外だった。嫌な思いをさせてしまって、本当に申し訳ない」

「そんなに謝らないでください。わたし、気にしてませんから」

展開が早すぎて、現実感が伴っていないのは事実である。

「……とりあえず、今夜はご自宅にお送りすればいいですか？」

「ああ、頼む」

それからしばらく、車内は静かなままだった。FMラジオだけが静かに流れている。警部は黙って外を眺めている。

沈黙に耐えきれず、カエデは口を開いた。

「あの、わたし……」

「ん？」

「わたし、警部のアストンマーティンを見たとき、本当に驚いたんです。本物見るの初めてだったから。しかも運転しないで置いてあるなんて、さらにビックリですよ」

わざと明るく言ってみた。

「前にも言ったじゃないか」と警部も明るい声を出す。

「アストンマーティンは乗る車ではないのだよ。その姿を眺めて愛《め》でる車。……なんてね。本当のことを言うと、車の運転は親から禁じられているんだ。だから、購入にも猛反対された。逆らうように押しきってしまったが、運転するとうるさいので乗らないようにしている」

「なんで反対されたんですか？」

すると警部は忌々《いまいま》しそうに、「危険だから」と言った。

「……みんな、私を身体が弱いままだと思っているのだろう。それは子どもの頃の話なのにな」

確かに、家政婦の政恵から「斗真さんは身体が弱いから」と何度も言われているし、ビタミン・鉄分入りブレンドティーのステンレスボトルを毎日預かっている。小林巡査部長も「警部は身体が丈夫じゃない」と言っていた。

でも、カエデから見た警部はアルコールはめちゃめちゃ強いし、献血が趣味らしいし、どこがそんなに弱いのか疑問ではあった。

――本当はどこか悪いのかな。わたしには言わないだけで。

フロントミラーに、透き通るように白い警部の顔が映っている。自由奔放《じゆうほんぽう》で破天荒《はてんこう》なお坊ちゃまだと思っていたが、人には言えない苦悩も抱えているのかもしれない。

カエデは、励ますような言葉をかけずにはいられなかった。

「でも、ご両親が運転をさせたくないのは、警部を大事に想ってるからですよね。親って子どもがいくつになっても、子どものままだと思うものみたいだから」

「大事に想っている？……ふふ」

何がおかしいのか、警部は小さく笑い声をたてた。

「そんな風にカエデが思えるのは、君が本当に、ご両親から大事に育てられたからだよ」

——じゃあ、自分はそうではない、と思っているんですか？

と尋ねてみたい気がしたが、それ以上の言葉を紡《つむ》がない彼に、何も言えなくなってしまった。

警部の家の事情はまだよく知らない。父親は警察庁長官、母親は大手宝石店の経営者。家政婦も運転手もいる大金持ちの御曹司。きっと、市井《しせい》のカエデにはわからないことがいろいろとあるのだろう。

また沈黙の時間が始まり、警部はＰＣを操作し出した。

渋谷を通りすぎた頃、唐突に警部が「……お疲れ。どうだった？」としゃべりはじめた。誰かからスマホに着信があったようだ。

「……ああ、回答があったのか。それで？　……やっぱりアレルギーの通院歴があったんだな。あとは？　……なるほどね。こっちも動いてみる。ん？　ホテル？　……ああ、わかった。またあとでな」

通話を終えるや否や、警部はＰＣを猛烈な勢いで操作し、やがてこう言った。

「カエデ、引っ張りまわして申し訳ないのだが、これから六本木《ろっぽんぎ》に行きたいんだ」

「六本木？」

「ああ。六本木のアジアホテルまで行ってほしい。そこで私を降ろしたら任務終了だ。カエデは帰宅してくれ」

いきなりホテルに行くと言い出した警部に、カエデは強い疑問を感じた。

「もしかして、鷺島さんに関係することでホテルに行くんじゃないですか?」

——警部は何も答えない。

「やっぱりそうなんですね」

「こんな事件に引きこんでしまって、本当に申し訳ないと思っている。あとは私だけで……」

「いやです」

「え?」

「だからいやです!」

カエデは車を路肩に停め、後部座席の警部を直視した。

「わたしをこんな事件に引きこんだんだから、最後まで責任をもって引きこみ終えてください」

「カエデ?」

戸惑う警部に、必死で訴えた。

「中途半端なところで終わるのが一番いやなんです。わたし、警察官に憧れてました。だから、自分が捜査に関われているようでうれしかったんです。……誰かの役に立てるのがうれしかった。だから、最後までワトソン役でいさせてください。お願いします！」

わたしはグルメ警部のワトソン。

警察官になり損《そこ》ねたチビ娘だけど、運転も柔道の腕にも自信がある。

絶対に、あなたの役に立ってみせる。だから……。

どうかどうか、わたしを追い返したりしないで――。

「……わかった。では、ホテルに同行してくれ」

「ありがとうございます！　よかったー」

大きく安堵《あんど》の息を吐《つ》く。アクセルを踏んで六本木方向に舵《かじ》を切る。

「で、アジアホテルに何があるんですか？」

肝心《かんじん》の目的を警部に聞いておかなければ。

「最上階に夜景の美しいバーがある。料理も本格的で、カツサンドが絶品なんだ」

「カツサンド？」

「厚みのあるロースカツの揚げたてを、ホテル特製ブレッドのトーストで挟んである。マスタードがかなり利いていて……」

「警部」

「ん？」

「カツサンドのためにバーに行くんですか？」

若干イラつきながら、カエデは警部のカツサンド賛辞を遮《さえぎ》った。

「いや、今夜は違う」と否定したあと、彼はさりげなく言った。

「そのバーに犯人がいるはずなんだ」

「犯人?　犯人って?」

「決まっているじゃないか。鷺島に手をかけた犯人だよ」

――時間が、止まったような気がした。

驚きのあまり、思考が停止してしまったようだ。

落ちつけ、わたし。まずは深呼吸をしよう。

思いっきり深く息を吸いこんでから、吐くように言葉を発した。

「――鷺島さん、自殺じゃなかったんですか?」

「自殺だと犯人は思わせたかったのだろう」

警部はゆったりとした口調で、自らの考察を明かしはじめた。

「インスタに映っていた、祝い花のメッセージカード。胡蝶蘭と一緒に『メゾン・ド・ポワン』の文字があったから、我々はその店に行くことができた。そこでマダムから入手したのが、青首を出す居酒屋『旨い処カズキ』の情報だ。しかも、そこの店長もマダムも鷺島のことをよく覚えていた。まるで、わざと足跡《あしあと》を残していったかのようにね。ご都合だらけのサスペンスドラマのようで、ちょっとデキすぎな展開だ」

そう言われると確かに、ラッキーが続いていたような気がする。

「実は前から、鷺島について内密に調べてもらっていた。その報告が小林からあったんだ」

「さっきの電話ですか？」

「ああ。それでパズルのピースが埋《う》まった」

「パズル……？」

「すべては工作だったんだよ。犯人が鷺島を自殺に見せかけて、葬《ほうむ》り去るためのね」

グルメ警部は、きっぱりと断定した。

だとするなら、犯人は一体誰？

箱根で会った美食倶楽部のメンバーたち、古屋夫婦、渡部夫婦、堀田。

あの五人の中にいるのか？

――そして、その根拠とは？

考えても見当がつかないカエデに、グルメ警部は自らの推理を語って聞かせたのだった。

六本木にある〝アジアホテル〟は、五十階建ての高層ホテル。世界のＶＩＰが宿泊するハイクラスのホテルだ。

地下の駐車場に車を停めたカエデたちは、一目散に高速エレベーターで最上階を目指した。

「犯人がツイッターでつぶやいていると、小林から聞いたんだ。『今からホテルのバーで打ち合わせ』とな。それでアカウントを捜したら、最新の投稿に写真が貼ってあって、窓辺から東京タワーが写っていた。あのアングルであの大きさのタワーが見えるホテルのバーといえば、アジアホテルしか考えられない。しかも犯人は『カツサンドがウマい』ともつぶやいていた。あのバーで確定だ」

そんな警部のグルメならではの推察《すいさつ》で、ふたりは『フラミンゴ』という名のバーへと急いだのだった。

◈

壁一面がガラス張りになったバーからは、東京タワーをはじめとする高層ビル群の灯《あか》りが、星空のごとくきらめいている。

思わず見とれそうになる心を押し留めて、カエデはグルメ警部と共に犯人の姿を捜す。

客がそれほど多くなかったため、その人物の姿は意外と早く発見できた。角のボックス席で談笑している。主役であるその人だけラフなジーンズ姿。それ以外はスーツのサラリーマン風だ。

「相手が席を立つまで待とう」

その席が目に入るテーブルに警部がカエデを誘う。

こんな素敵なバーに入るの、初めてだ……。

ウエイターから手渡されたおしぼりで手を拭きながら、カエデは周囲を見回した。外国人のカップル、恰幅《かっぷく》のよいオジサマと愛人っぽい若い女性。いかにも仕事がデキそうなエリート風青年たちのグループ。普段のカエデなら接点のなさそうな人たちばかり。

グルメ警部と出会ってから、カエデは刺激を受けっぱなしだった。

「何かお持ちいたしますか？」

背の高いイケメンウエイターに訊かれ、警部は「マティーニを、と言いたいところだけど、トニックウォーターを頼もう」とソフトドリンクを注文し、「こちらの女性にはノンアルコールのカクテルを。カエデ、好きなフルーツはあるか？　イチゴとかザクロとか」と問いかけてきた。

「あ、あ……」

とっさの質問だったので、何も浮かばない。

「では、季節のフルーツで何か作ってください。カエデ、それでいいな？」

「はい」

「かしこまりました」

ウエイターがうやうやしく礼をして去っていく。

なにコレ。警部ってば、バー慣れしすぎだよ……。

「違和感を発しないように、一般客の振りをするぞ」

グルメ警部にささやかれて、カエデは気を引き締めた。

「マティーニって、ジェームズ・ボンドが好きなカクテルでしたよね」と、何気《なにげ》ない会話をするように心がける。

「Vodka Martini. Shaken, not stirred.」

警部は流暢《りゅうちょう》な英語を口にする。

「それ、知ってます。ボンドの有名なセリフ。『ウォッカ・マティーニを。ステアせずにシェイクで』ですよね」

「カエデ、００７シリーズがよっぽど好きなんだな」

「父が大好きで、子どもの頃から一緒にＤＶＤを観たりしてたんです。カッコいいですよね、ジェームズ・ボンド。わたしは断然、ダニエル版ボンドが好き。警部は？」

当然、好きなはずだ、と期待に胸を膨《ふく》らませたカエデだが、返ってきた答えは若干違っていた。

「私は、映画よりもイアン・フレミングの原作が好みだな」

「原作かー。読んだことないなあ」

「たとえば、ダニエル・クレイグの出世作となった『カジノ・ロワイヤル』は、フレミング初の007シリーズ長編作なんだ。映画とはテイストがまったく違うので、比較すると面白いぞ」

横目で犯人の席をとらえながら、警部は会話を続けている。カエデもカモフラージュに協力するべく、雑談を続けることにした。

「原作にもマティーニが出てくるんですか？」

「もちろん。『カジノ・ロワイヤル』に登場したオリジナルのマティーニは、フレミングが考案した原作のレシピを映画で再現したものだ。ゴードンズのジンを3オンス、ウォッカを1オンス、キナ・リレを半オンス。そこに氷を加えてシェイクし、大きめに薄く削《そ》いだレモンの皮を入れる」

「キナ・リレ？」

「フランスで製造されていたベルモットの一種。製造中止になってしまったので、今はリレブランというベルモットを使うことが多い」

「そうなんですね」

本当にグルメ警部の頭脳は、グルメな知識の宝庫のようだ。

ほどなく、ウエイターがドリンクを運んできた。

「お待たせしました。トニックウォーターとノンアルコールカクテルです」

カエデの前に置かれたのは、カクテルグラスに入ったクリーミーなオフホワイトの飲み物。上にミントの葉が載っていて、アイスクリームのような甘い香りがする。

「洋ナシの果汁に生クリームとバニラエッセンスを加えてシェイクしました。お口に合うとよろしいのですが」

「絶対合うと思います」と言ってから、ひと口飲んでみる。

「うっわ、美味しい。デザートですね、これ。ヤバ、何杯でも飲めそう」

コクがあって濃厚なのに飲み心地が爽やかなのは、洋ナシとミントの風味が強いからだ。ほんのりとした甘さが疲れた身体に染み入ってくる。

「では、ごゆっくり」と一礼してウエイターが立ち去った。

ゴクゴクッとカクテルを飲むカエデを、警部が面白そうに見ている。

「カエデは本当に美味しそうに食べるし飲むな。そこが、君を気に入った大きな理由だ」

「そ、そうなんですか。ありがとうございます」

ドギマギするカエデは、ふと思った。

一緒にレストランで食事をして、バーで語り合って。これ、普通に考えたら完全にデートじゃん！

おっと、いかん、使命を忘れそうになってしまった。わたしは警部の助手。極悪犯人を追い詰めるために、警部に同行しているのだ。

「……来た」

警部がメガネを光らせた。カエデも警部の視線をたどる。

ジーンズにシャツを羽織《はお》った男性が、取り巻きと共に席を立ち、こちらに向かって歩いてくる。足元がふらついているのは、かなり酔っているからだろう。

「こんばんは」と警部が立ち上がって声をかけた。

「えーと、どなたでしたっけ？」

照明が暗い店なので、警部を認識できないのかもしれない。もしくは、本当に忘れてしまったのか。

「箱根の美食倶楽部に参加した久留米です」

「ああ、どうも。こんなとこで会うなんて奇遇《きぐう》ですねえ」

相手はヘラヘラと笑う。

「偶然じゃないんですよ。あなたに会いにきたんです」

「……はあ？」

グルメ警部は名刺を取り出して、目の前の彼に突きつけた。

「美食会では不動産投資家と言いましたが、本業は警察官でしてね」

息を呑む音がした。ギョッとした顔をしている。

「鷺島さんのことでお訊きしたいことがあります。少しだけお時間を下さい」

硬直してその場に立ちすくんだのは、ＩＴ企業社長で美食倶楽部の主宰者、堀田雅治だった。


「で？　何が訊きたいわけ？」

堀田は取り巻きを先に行かせ、警部の隣りに音をたてて座った。

ウエイターがオーダーを取りに来たが、「すぐ出るから」と追い返す。

「忙しいんで手短にしてくれよな」

腕と足を組んだ堀田を、警部が真っすぐに見据《みす》えた。

「今日の夕方五時頃、ご友人の鷺島さんがビルの屋上から飛び降りました」

「……なんだって？」

「聞こえませんでしたか？　鷺島さんが……」

「自殺したんだろ、聞こえたよ。アイツ、なんてことを……」

うつむいて拳を握りしめる。

「FPマコト名義のインスタに、自殺をほのめかすようなコメントがアップされていました。ご覧になりましたか？」

「いや、見てない。なんで俺に相談してくれなかったんだ……」

両手で金髪の頭部を抱える堀田。その様子は友人の死を嘆く者にふさわしい。しかし、カエデにはどこか芝居がかって見える。

「……それをわざわざ知らせにきたのか」

うつむいたまま、堀田は低く言った。

「いえ、それだけではありません。鷺島さんは六日前、インスタに荻窪のフレンチ『メゾン・ド・ポワン』の食事写真を投稿していました。こちらがその画像です」

警部はテーブルでPCを開いた。

「〝鴨ローストのイチジク入り赤ワインソース〟と〝シャトー・モン・ペラ・ルージュ〟のボトルとグラス。この店のマダムに話を聞いたのですが、鷺島さんはほかに、〝鴨とヘーゼルナッツのパテ〟と〝特製生ハムサラダ〟〝フォアグラ入りオニオングラタンスープ〟を召し上がったそうです」

「それがどうした」

堀田が警部を睨んでいる。

「この写真を見て、何かに気づきませんか？」

「……別に」

「そうですか。鷺島さんとお付き合いの長いあなたなら、気づくかと思ったのですが」

「なんのことかさっぱりわからない」

「この写真を撮ったのは、鷺島さんではありません」

「……は？」

「別の誰かが鷺島さんの振りをして店に行った。そしてインスタに投稿したんです」

「なに言ってんだ、あんた」

ふたりの視線が絡《から》み合う。

カエデは固唾《かたず》を呑みながら、彼らを見つめ続ける。

やがて、警部が話を再開させた。

「今日アップされた最新投稿には、荻窪の居酒屋で撮った〝青首と長ネギの鍋〟が写っています。それも別の誰か、つまり犯人の仕業《しわざ》でしょう。犯人は自殺をほのめかすコメントを書きこみ、鷺島さんをビルから突き落とした。おそらく、三カ月前に鷺島さんが姿をくらました頃から、彼を監禁でもしていたのでしょうね。その間の投稿はすべて、犯人の仕業だと思われます。鷺島さんが逃げ回ったあげく、自殺したと思わせるためにね。

鷺島さんのFPマコト名義のインスタは、エッセイストの渡部夫人が四カ月ほど前にアカウントを作ったそうです。彼女は箱根でこう言いました。『プロフィール画面を作るのにかなり時間がかかった』と。ということは、このプロフィールの文言は鷺島さん自身、もしくは渡部夫人が書いたことになります。ほら、プロフィールに〝飲み友だちも募集中〟とありますね。しかし、ここ最近の投稿コメントには、〝呑む〟の漢字が使われている」

そのときカエデは、コメント欄の文面を思い返していた。

『鴨ローストのイチジク入り赤ワインソース。私を信じてくださる方々に感謝しながらいただきました。いいワインを呑み、美味しいものを食べると元気が出ます』

『青首の鍋、大変美味でした。ワイン好きな自分ですが、最後に選んだのは熱燗。日本の酒を呑めて幸せです。もう思い残すことはありません』

確かに〝飲む〟ではなく〝呑む〟と書かれていた——。

「飲む、呑む。どちらの漢字も間違いではないので混同しがちですが、私は別人が書きこんだ可能性が高いと推測しました。もちろん犯人です。

その犯人は鷺島さんの名前でメゾン・ド・ポワンに予約を取り、彼のようなべっ甲のメガネをかけて食事に行った。鷺島さんに成りすますために、カツラも着用していたのかもしれませんね。そして、彼の好きなワインを飲み、苦手な食材を避けて食事をした。店の人と会話を交わして自殺をほのめかし、鷺島が来たことを印象づけた。万が一捜査されてもバレないように、慎重に行動した。

そんなことができるのは、鷺島さんをよく知る人物だけです。それもSNSをやり慣れていて、鷺島さんにインスタのアカウントを作らせた人。きっとパスワードも把握していたのでしょう。

動機は……ありがちですが金銭絡みかな。犯人も詐欺まがいの投資ファンドに関係していた。すべての罪を鷺島に着せるつもりだった、とか」

そこまで黙って聞いていた堀田が、「あー、妄想話《もうそう》が長いなあ」と大きく伸《の》びをした。

「で？　俺が犯人だって言いたいのかな？」

「違うんですか？」

再びふたりが視線を合わせた。

堀田は余裕の表情を浮かべている。

「面白《おもしろ》いことを考えるんだな。なんの根拠もないのに」

「根拠はありますよ」

自信たっぷりに警部が言いきる。

「メゾン・ド・ポワンのマダムが証言しました。鷺島さんは食後に電話をしていて、電話相手にこう言ったそうです。『投資は自己責任です』と。でも、箱根の美食会でご一緒した古屋夫人は、こう言ったんです。『鷺島さん、自分が責任を持って資産を増やしますって言ってた』とね。メゾン・ド・ポワンで食事をした鷺島さんと、古屋夫人が語った鷺島さんとは、投資に対して言っていることが真逆だ。『投資は自己責任』。それは堀田さん、あなたが美食会で私に言ったセリフじゃないですか」

「だから疑ったのか。俺が鷺島の振りしてメシを食いに行ったって」

「まあ、そうですね。あなたは体型も鷺島さんに似てますし」

「アホくせえ、話にならないね。鷺島が客の前で本音《ほんね》を言うわけねえだろ。オイシイことしかちらつかせないのが投資話なんだから。インスタに投稿してたのは鷺島だよ。たらふくウマいもん食ってから、心置きなくビルからダイブしたんだろう。アイツらしい最期だよな」

一笑にふした堀田だが、グルメ警部はまったく怯《ひる》むことなく「それだけじゃないんですよ」と続けた。

「鷺島さんがメゾン・ド・ポワンで食事をするわけがないんです。なぜなら、彼にはいろんなアレルギーがあった。だから、この写真を撮ったのは鷺島さんではない」

「アレルギー?」と繰り返したあと、堀田はハハハと豪快《ごうかい》に笑い飛ばした。

「なるほどね。さっきあんた言ったよな、鷺島は〝鴨とヘーゼルナッツのパテ〟を食べたって。アイツはピーナッツのアレルギーだった。だからナッツを食べるわけがない。そう思ったんだろ?」

警部は無言のまま、堀田を静かに見つめている。

「バカだなあ。ナッツがついてるから紛らわしいけど、ピーナッツはれっきとした豆類。木の実のナッツじゃないんだ。ピーナッツ・アレルギーの人だって木の実は食べられるんだよ。鷺島はヘーゼルナッツもアーモンドもカシューナッツも、ウマそうに食ってたよ。蕎麦とかキノコは食えなかったけどな。カン違いご苦労さん。じゃあ、俺は行くから。部屋でまだ打ち合わせがあるんでね」

立ち上がりかけた堀田に、警部が「バカなのはあなたです」と返す。

「なんだとコノヤロー」

堀田が眉を吊《つ》り上げる。

「こっちは忙しいんだよ。お前みたいに探偵ごっこする暇はねえんだよ。俺を犯人扱いしやがって。マジむかつくわ。名誉棄損《めいよきそん》で訴えるぞ」

「あなたは自分がミスなんて犯すわけがないと思っていたのでしょうね。鷺島さんのことはよく知っていると思いこんでいた。警察も騙せると高を括《くく》っていたのでしょう。でも、残念ながら失敗してしまった」

「するわけないだろう！」

次の瞬間、堀田は「あ」と口を押さえた。

「失敗なんてするわけない、か。やはり、あなたの工作だったんですね」

警部が穏やかに指摘する。

「勢いで言っただけだ。なんの証拠もないのにふざけんな！」

「では、もう一度だけ鴨の写真を見てください」

そこには、鴨のローストと赤ワイン、背後に祝い花が写っている。

「だからなんだってんだよ！」

いきり立つ堀田の前で、警部は画像の一点を指差した。

「鷺島さんにはいろんなアレルギーがあった。『危ないのは食品だけじゃないって言ってたから、相当なアレルギー体質なんでしょうね』と、美食会で渡部夫人が話していました。それで、鷺島さんの通院歴を部下に調べてもらったんです。彼には植物のアレルギーもあったんですよ」

そこでひと呼吸入れてから、再び口を開く。

「鷺島さんは、胡蝶蘭が苦手だったんです」

「……胡蝶蘭だと？」

堀田は目を見開き、インスタを凝視している。

「鷺島さんの通院歴で判明しました。花粉の少ない胡蝶蘭でアレルギーが起きるケースは稀《まれ》ですが、過敏な人は頭痛を起こすほどの反応があるそうです。鷺島さんはそのひとりだった。あなたが知らなかっただけ。だから、胡蝶蘭がすぐ近くにあるこの席で、鷺島さんが食事をするわけがないんです」

「そ、それは……それは証拠じゃないだろう。俺がやった証拠がどこにある？」

取り乱した堀田に、警部がとどめの一撃を放った。

「鷺島さんは、奇跡的に一命を取りとめました。落ちる途中で街路樹に引っかかったようです」

「え……？」

絶句した犯人が、呆《ほう》けた顔で固まっている。

警部はトニックウォーターで喉を潤し、ゆっくりと言った。

「私は、『ビルの屋上から飛び降りた』とは言いましたが、『亡くなった』とはひと言も言ってません。あなたが勝手にそう思っただけです。まだ話せる状態ではありませんが、ほどなく回復するはずです。とはいえ、下半身の不随《ふずい》は免《まぬか》れないようですけどね。でも、鷺島さんに事情を聞けばすべてが明らかになる。あなたのアリバイも徹底的に調べますよ。どこまでアリバイ工作をしてあるのか、実に楽しみです」

——いきなり堀田が走り出した。

カエデはダッシュで彼に飛びつく。後ろから羽交《はが》い絞《じ》めにして、柔道の技をかけてやる。腕を交差させて相手の頸動脈《けいどうみやく》を圧迫する裸絞《はだかじめ》だ。周囲の視線が気になるが、構ってなどいられない。

「痛い、放せ！」

「放さない。堪忍して白状しなさいよ」

「し、知るかボケ！　暴行罪で告訴《こくそ》するからな」

「これまでの会話は録音してあるの。往生際《おうじょうぎわ》の悪い男はカッコ悪いよ」

力の限り、両腕に力をこめる。こう見えても黒帯持ってるんだから。

「いたた、痛いっ！」

堀田は悲鳴のような声をあげ、カエデの腕を摑んで逃れようとしている。

「言いなさい。あなたが鷺島さんをビルから突き落としたんでしょ？」

「知らねえ……いたっ、やめろよ！」

「白状しておけば罪が軽くなるはず。もう一度訊くよ。鷺島さんを突き落としたのはあなたね？」

ますます力を入れる。素人《しろうと》ならもう我慢できないはず。

「そう、そうだ。だから放せっ！」

「認めたから力を抜いてあげる。少しだけね」

とはいえ、絞めつけていることに変わりはない。

「やめてくれ――っ」

相手の悲鳴に泣き声が混じってきた。

「そこまでだ！」と声が響き、入り口から警察官が駆けこんできた。先頭にいるのは制服姿の小林巡査部長だ。カエデが手を放すと、数人の警察官が堀田を取り押さえる。「確保！」と小林の声が響き渡った。

「先輩、遅くなりました」

敬礼《けいれい》をした小林に、グルメ警部が笑いかけた。

「丁度よかった。あとはよろしくな」

❖

「――堀田の預金口座に、鷺島からの入金が定期的にあったそうだ。ふたりはファンドの顧客から集めた資金を、運用などせずに着服していたのだと思われる」

バーに残ったグルメ警部は、カエデに事件の詳細を説明していた。

「ファンドのフィクサーは堀田だったようだな。公にはなっていないが、堀田の会社は資金繰《ぐ》りに苦労していた。そこで、鷺島と組んで架空《かくう》のファンドを立ち上げた。資金がある程度できたところで鷺島を抹殺《まっさつ》し、すべての罪を彼に押しつけようとしていたのだろう」

「被害者のお金は返ってくるんですか？」

「民事訴訟を起こせば可能性はあるが、どこまでできるかわからない。被害者には申し訳ないが、我々にできるのはここまでだ」

「やられ損になるかもしれないんですね。堀田さん、箱根では『鷺島を全力で助ける』なんて言ってたくせに、大嘘だったんだ。ほんとサイテー」

カエデは苦々《にがにが》しい思いを吐き出した。

「まあ、よくある犯罪だよ。人はカネや権力を過剰に持つと、それを失う恐怖に取りつかれて、人としての心をなくしてしまう。きっと、持ち得るものすべてをなくさない限り、自分の愚《おろ》かさに気づけないのだろう」

淡々と述べる警部の横顔が、やけに寂しそうに見える。

――お金、権力、人の悪意。わたしが今まで知らなかった世界の扉が、グルメ警部との出会いによって開かれてしまった。

でも、恐ろしいとは決して思わない。

わたしは悪を取り締まり、犠牲《ぎせい》となる側を守れる人間になりたい。なりたかったのになれなかった、警察官のように――。

改めて決意した直後、カエデの腹からグウ、と大きな音が響いた。

「わ、すみません」

恥ずかしい。はしたない。穴があったら潜《もぐ》りたい……。

「メゾン・ド・ポアンは少なめのコースだったし、カエデは体力を使ったからな。ここで何か食べるといい。好きなものをオーダーしていいぞ。君のお陰で犯人を確保できたのだから」

「そんな、わたしなんて運転して、警部のそばにいただけで……」

「いてくれてよかった。その機動力、好奇心の強さ。柔道も本当に強いんだな。やはり、私が見込んだワトソンだ」

……ジワリ、と胸が熱くなってきた。

誰かに必要とされ、褒めてもらうことなんて、今までほとんどなかった気がする。どこにいても目立たない、平々凡々な非モテ女子だったのだから。

「……ありがとうございます。警部こそ、すごいお手柄でしたよね」

「いや、残念ながら今回は私の負けだ」

「負け……?」

「そう。堀田が鷺島を突き落とす前に、ヤツを確保できなかった。完全な勝利ではない」

とても悔しそうに、グルメ警部が言った。

「でも、ちゃんと捕まえられたし、死人も出なかったからよかったです。生きてさえいれば、どんな人にも可能性がある。わたしはそう思いたいです」

「……まあ、カエデがそう思うなら否定はしないけどな」

彼の表情が少しだけ和らぐ。

最初はアホがつく変わり者かと思ったけど、この人はかなりの切れ者で、強い正義感の持ち主だ。いい雇い主と出会えて本当によかった。

カエデの頬が自然と緩んでいく。

「さあ、好きなだけ料理を選ぶといい」と、警部がメニューを渡してきた。

心地よい達成感に浸りながら、メニューを開いて中身を吟味する。

軽食から本格的な料理まで、ずらりと並んでいて迷ってしまう。

——ん?

突然、誰かの刺すような視線を感じた。このバーで警部と語り合い、堀田と対峙《たいじ》していたときは何も感じなかったのに。

カエデは他者が自分に向ける念に敏感だった。そんな直感のようなものが、動物的な嗅覚《きゅうかく》として備わっているのだ。

――間違いない。何者かに見られている。とても熱のこもった視線。身体を突き抜けそうなくらい、熱くて鋭い。

ターゲットはわたし？　それとも警部？

店の中をぐるりと見渡して、新たに入店した人物を捜し出す。

――いた。

いつの間にか、ひとりの女性がバーカウンターに座っていた。さっきはいなかった人だ。花模様のロングワンピースに赤いハイヒール。大きなサングラスをかけている。とてもほっそりとした、髪の長い女性だ。カクテルグラスを前に、頬杖をついて横を向いている。

視線の主《ぬし》は、この人だったのだろうか……？

「決まったか？」

屈託《くったく》のない警部の声がした。

「あ、ちょっと待ってください。何がいいかなー」

視界の片隅で、サングラスの女性がバッグを持って立ち上がった。背筋をピンと伸ばして店から出ていく。

……気のせい、だったのかな。今日はいろんなことがありすぎたから。

即座に意識をメニューに戻す。――やっぱりコレだ！

「カツサンドがいいです」

警部の賛辞を聞いたときから、カツサンドが気になっていたのだ。

「そのオーダーが正解だな。ここのカツサンドは、この私が確保したメニューなのだから」

そう言ってグルメ警部は、左右の口角《こうかく》を大きく上げた。

# 3

# 成りすましスイーツ姫の
# ネット炎上事件

『パンがないなら、お菓子を食べればいいんじゃない？　ボンジュール、フレンチのスイーツ姫こと、ネネリンでーす』

スマホの画面に、とてつもなく華《はな》やかで時代錯誤《さくご》な女の子が映っている。

羽根《はね》の飾りを付けた縦巻《たてま》きロールの金髪、ピンクが基調のプリンセスドレス、胸元にはキラキラのネックレス。愛らしい顔つきの彼女は、まるでフランス革命で知られる王妃、マリー・アントワネットのようだ。

『今日のフランス伝統菓子は、カヌレでーす。ネネリンが心を込めて手作りしちゃいます。ちょっと手間がかかるけど、外カリ中フワの絶品スイーツ。絶対美味《おい》しいから、皆さんもチェックしてくださいねっ』

小首を傾《かし》げて微笑《ほほえ》むネネリン。甲高《かんだか》いハイトーンボイスと舌足らずなしゃべり方は、美少女アニメで人気のアイドル声優のようでもある。

カエデは知らなかったのだが、彼女は登録者百万人を超える人気ユーチューバー。週に二回ほど更新される動画の再生回数は、つねに十万回を超えている。毎回、アントワネット風の衣装で、フランスの伝統菓子を作る動画をアップしているらしい。

『ネネリン、いつもカワイイ！』『ネネリンの手作りカヌレ、食べてみたい――』『今日の姫ファッションも最高です』

動画には相当な数のユーザーコメントが寄せられている。

「カヌレ。中世フランスのボルドーで生まれたとされる焼き菓子。カヌレには〝溝《みぞ》のついた〟という意味がある。溝つきの専用型に生地を入れて焼き上げるんだ」

後部座席にいるグルメ警部が訳知り顔で解説する。

カエデは久留米《くるめ》家の前に駐車したミニクーパーの中で、ネネリンのユーチューブ画像を観ていた。警部に観てほしいと言われたからだ。

「カヌレがなぜボルドーで発祥《はっしょう》したのか。諸説あるが、一番有名なのはボルドーがワインの名産地であるから、という説だ」

「へー、カヌレってワインを入れて作るんですか？」

カエデはユーチューブ画面から目を離さずに問いかける。カメラはネネリンの手元に寄っている。『材料を混ぜ合わせまーす』と声がし、ボウルに入った卵黄やグラニュー糖を、泡だて器で混ぜはじめる。背後に映りこんでいるのは、大きなオープンキッチン。ここは彼女の自宅なのかもしれない。

「いや。その昔、ボルドーでは澄《す》んだワインを造るための澱取《おり》りに、卵白を使っていたらしいんだ」

「オリ？」

「ワインの熟成《じゅくせい》過程で樽《たる》に沈む、葡萄《ぶどう》のカスのようなものだ。澱を取るために卵白を使用すると、黄身だけが余ってしまう。それを有効活用するために、ボルドーの修道女たちがカヌレを作りはじめたらしい」

「なるほど。さすが警部、グルメ知識に長《た》けてますね」とおべっかを言いながら、再び画面に集中する。

ネネリンが両手でボールを持っている。ボールの中身は、卵黄、グラニュー糖、牛乳、小麦粉、バター、ラム酒などで作ったカヌレの生地《きじ》だ。

『はーい、生地ができました。これを冷蔵庫でひと晩寝かせます。しっかり寝かせないと、しっとり美味しくならないから注意してね』

長い睫毛《まつげ》でウィンクをする。清純さと妖艶《ようえん》さが入り混じる、同性から見ても魅力的な女の子だ。歳は二十一らしい。

『ジャジャーン！　こちらがひと晩寝かせておいた生地です。これを型に入れて、二百三十度のオーブンで四十分くらい焼いちゃいまーす』

そして〝四十分後〟とテロップが入り、香《こう》ばしく焼き上がったカヌレがいくつか映し出された。

調理の説明は簡略《かんりやく》化され、あっさりとしている。お菓子作りの参考になるのだろうか？　と疑問を感じた。

『美味しそうに焼き上がりました！　これを型から出して冷ませば、カヌレの出来上がり。――というわけで、ネネリン、こんなに作っちゃいました――』

カメラが引くと、おびただしいほどのカヌレが山盛りになっている。

『盛り盛りにすると壮観ですよねー。なんとなんと、百個もありまーす。えっと、カヌレ一個が約百五十キロカロリーだから、百個で……一万五千キロカロリーくらいかな。すっごい高カロリーですねえ。じゃあ、一気にいっちゃいますねー』

なんと、ネネリンは腰を絞《しぼ》ったドレス姿のまま、カヌレを右手でつまんでパクパクと食べはじめた。

「えっ？　自分で食べちゃうの？」

動画を観ていたカエデは、つい声をあげてしまった。

ネネリンは大口を開けてカヌレにかぶりついている。

『ヒャー、美味しい！　中がモチモチしてて、外が香ばしくて。甘さを控《ひか》えめにしたから、いくらでも食べられそうです』

目を閉じていかにも美味しそうに身悶《みもだ》えしている。

『うーん、最高。アールグレーとよく合いますよー』

左手にティーカップ、右手にカヌレ。紅茶を飲みながらカヌレを口に運ぶ。編集で一部を飛ばしているが、山盛りだったカヌレがどんどん減っていく。

『待ってましたネネリンの爆食い！』『テレビの大食い選手権、観ましたよー。ネネリン、一番かわいかった』『もう全国区タレントだね』など、ユーザーコメントにも大食いに関することが書きこまれている。

「すごい。料理系ユーチューバーかと思ったら、大食い系でもあるんですね。だから調理シーンはあっさりだったんだ。ビジュアルも派手《はで》だしカワイイし、人気が出るわけですねえ」

心底感心したカエデの後方から、グルメ警部の低い笑い声がした。

「カエデだってこのくらい楽勝だろう。ユーチューバーになれるんじゃないか」

「いえ、うちは母が厳《きび》しいから絶対に無理です。恥晒しだって怒られます。それに、大食い系も料理系もユーチューバーが多いから、ネネリンくらいの合わせ技がないと群れから抜けられないでしょうね。アントワネット風のコスプレで、フランス菓子を自分で作って食べる。しかも、顔も声もカワイイ」

動画の中で完食したネネリンが、『チャンネル登録お願いしまーす』と右手を振った。

「プロフィールにパティシエ専門学校卒業ってありますね。きっとお菓子作りもプロ級なんでしょうね。経歴と特技と容姿をフルに活《い》かしたユーチューバー。リスペクトしちゃいますよ。……で、警部。なんでわたしにネネリンの動画を？」

「それを説明する前に、こっちのユーチューブ動画も観てくれ」

警部が自分のノートパソコンをカエデに差しだす。

「あれ？　こっちもネネリン？　……じゃない、か」

黒いプリンセスドレスに縦巻きの金髪の女性。一見するとネネリンのようだが、目元と鼻を仮面舞踏会用のマスクで覆《おお》い、口元を大きな黒いマスクで隠している。かなり異様な様相《ようそう》だ。

『パンがないなら、男を食べればいいんじゃない？　ボンジュール、男大好き淫乱《いんらん》姫でーす』

声が低く加工してある。ネネリンのように小首を傾げる姿にゾッとした。わざとマネしているのだろう。

『今日は出来合いのスイーツを用意しました。もちろん全部、アタシが大好きなフランスの伝統菓子ですよー。カヌレ、マドレーヌ、マカロン、ザッハトルテなど。手作りよりも有名店のスイーツのほうが、遥《はる》かに美味しいですよね。今日は胃もたれしそうなフランス菓子に埋《う》もれながら、アタシの本音《ほんね》を暴露《ばくろ》したいと思いまーす』

女の言葉通り、紙皿に載せたスイーツがずらりと並んでいる。

先ほどネネリンの動画でも見た〝カヌレ〟、焼き菓子の定番〝マドレーヌ〟、アップルパイを逆さにしたような〝タルトタタン〟、色とりどりの〝マカロン〟、チョコレートケーキをチョコでコーティングした〝ザッハトルテ〟、オレンジジュースとラム酒で風味をつけた〝クレープシュゼット〟、カスタードクリームがたっぷり入った〝シュークリーム〟。

どれも見るからに高価で美味しそうなスイーツなのだが、なんと、組み立てた段ボール箱の上に、雑然と置いてある。背後は白塗りの壁。自宅なのかどこなのか判断できない。

『いつもスイーツ作ってガッツリ食べてるアタシ。カワイ子ぶってファンの皆さんに媚《こ》びてますけど、本当は淫乱のインチキ女なんですよー。スイーツだって、本当に自分で作ってるわけないじゃないですかあ。作ってる振りしてるだけですよー。ホントはお店で買ってきてるんです。フフ』

カエデは思わず動画を止めてしまった。

「なんですか？ すっごく気持ち悪いんですけど。せっかくのスイーツを段ボール箱に並べちゃって。これって、ネネリンのマネして彼女をディスってるだけですよね？」

「三日前の夜にアップされた動画。ネネリンの〝成りすまし〟だって、ネットニュースにもなったぞ」

グルメ警部が007御用達《ごようたし》メーカーのメガネを光らせる。

「知らなかった……。三日前って金曜日ですよね。最近、ネット漬《づ》けだったんで、週末はネット禁止にしてたんです。それにわたし、ユーチューバーにはあんま興味なかったんで。でも、こんな成りすまし動画がアップされて暴露発言のようなことされたら、炎上するに決まってますよね」

「ああ。成りすまし犯を信じたネットユーザーも多いようだ。ネネリンを誹謗《ひぼう》中傷《ちゅうしょう》するアンチが登場して、ネット上で大騒動になっている」

「うわ、最悪だ……」

あえて炎上コメントを見る気にはなれないが、想像するだけで恐ろしい。べったりと粘《ねば》つくような気味《きみ》の悪さをこらえて、カエデは成りすまし動画を再生させる。

『アタシ、もうすぐ芸能事務所に入るんです。人気ユーチューバーが何人も所属してる大手事務所。アタシが自分で売り込んだんですよー。え？　どうやって売り込んだのか知りたい？　自分でコンタクトして、その事務所の社長に枕営業したんですよー。アタシ、料理上手《じょうず》じゃなくて床上手《とこじょうず》なんです。ジジイの社長なんてイチコロですよ。フフフ』

意味深《いみしん》な笑い方に、耐えがたいほどの嫌悪感が湧いてくる。

『大食いだってインチキなんですよー。ユーチューブだってテレビの大食い番組だって、編集でどうにでもなっちゃいますからね。騙《だま》されてる皆さん、ザマーミロ！』

なんと、女はシュークリームを左手で摑み、カメラに向かって投げつけた。

『チャンネル登録なんて、しないでくださいねー』

カスタードクリームで汚れた画面の中で、女が両手を振って動画が終了した。

「ヒドい。あり得ない。マジで気持ち悪い。シュークリームがもったいない」

ペットボトルのお茶で喉《のど》を潤《うるお》し、ムカつく胸を落ちつかせる。

「ネネリンが芸能事務所と契約しようとしていたのは事実のようだ。それを知った誰かが成りすまし動画で誹謗して、契約を阻止しようとしたのかもしれない。今朝、ネネリンがブログで動画の内容を否定している」

グルメ警部はPCを操作し、ネネリンのブログをこちらに見せた。

アントワネット風の青い衣装で撮影されたネネリン。悲し気な表情でこちらを見ている。カエデはブログのメッセージを読みあげた。

「『ショックすぎる動画がアップされました。信じないでください。あれは、成りすまし動画です。かなしくて、くやしくて、体調を崩しちゃいました。涙が止まりません。今は少しだけ、活動をお休みしたいです。でも……。よく食べて、よく寝て、早く元気になるから、ネネリンを待っててくださいね』――ネネリンってば、健気《けなげ》だなあ」

　大食いの同志でもある彼女が気の毒で、ため息が出てしまう。

「活動休止しちゃうんですね。あんな気色《きしょく》悪い動画でイヤガラセされるなんて、マジでかわいそう。有名人だから叩《たた》いてもいい、なんて考え方、絶対に間違ってると思います。こんな成りすまし犯、訴えちゃえばいいのに」

　やや感情的に言ったら、警部が「実はな……」と声を潜《ひそ》めた。

「おとといネネリン本人が、うちに被害届けを出したんだ。『成りすまし動画は嘘の情報で、自分の業務を妨害された。偽計《ぎけい》業務妨害罪、名誉棄損《めいよきそん》罪、侮辱罪に該当《がいとう》する』とな。今、ネネリンの弁護士が、事業者側に動画の削除依頼と発信者情報の開示請求をしている。刑事と民事で告訴《こくそ》するつもりなんだろう」

「だったら、犯人の正体、すぐに突き止められるんじゃないですか？」

「それがな、発信者の個人情報開示には、かなりの手間《てま》と時間がかかるんだ。これまでのケースだと、三カ月以上は必要だろう」

「そんなにかかるんだ……」

「時間も費用もかかるから、泣き寝入りする被害者も多い」

「やられ損ってやつですね。このあいだの投資詐欺《さぎ》事件みたいに」

　IT会社社長が主犯だった投資詐欺事件を思い出し、カエデは憂鬱《ゆううつ》な気分になった。金銭を騙し取られた被害者たちは、現在も集団訴訟《そしょう》中だ。

「だから、私が個人的に捜査するんだよ」

警部は力強く言いきった。

なんて頼もしい。と思ったカエデだが、そのあとのひと言でコケそうになった。

「グルメに関する事件だけは、捜査しないわけにはいかないんだよ」

「え？ そんな理由？」

「いいから車を出してくれ。ネネリンの自宅へ行く。早くしないと、もっと大変なことになるかもしれない」

「大変なこと？」

「ネネリンのブログだ。文章をタテ読みしてみたまえ」

もう一度ブログに目をやって、文頭のひと文字だけ拾い読みをしてみる。

「シ、信、か、涙、い、よ、ネ――どういう意味ですか？」

「漢字も頭のひと文字だけ拾うんだよ」

「し、し、か、な、い、よ、ね――やっぱり意味不明」

「一番上の〝し〟を、死ぬの〝死〟と読んだらどうだ？」

「死しかないよね……えっ？ 『死ぬしかないよね』ってこと？」

ショックすぎる動画がアップされました。
信じないでください。あれは、成りすまし動画です。
かなしくて、くやしくて、体調を崩しちゃいました。
涙が止まりません。
いまは少しだけ、活動をお休みしたいです。でも……。
よく食べて、よく寝て、早く元気になるから、
ネネリンを待っててくださいね。

——背筋が寒くなった。

「まさか、ネネリンが自ら死を選ぶ……？」

ここ数年、ネットの誹謗中傷が原因で自殺を図る人が急増し、社会問題になっている。ネネリンが思い詰めてしまったとしても、不思議ではない。

「ああ、その可能性は否《いな》めないし、逆に、犯人に対する殺人予告とも解釈できる」

「殺人予告？」

「主語が自分なら『自分には死しかない』となるが、『自分』を『犯人』に置き換えれば、『犯人には死しかない』となるだろ？」

「……確かに。意味が逆転しますね」

「どちらにせよ、ネネリンの精神状態が心配だ。彼女のマンションへ行くぞ」

「了解です！」

カエデはミニクーパーのアクセルを踏み、グルメ警部が指定した住所へ急行した。

◈

ネネリンこと勝谷寧々《かつやねね》が暮らすマンションは、小田急線・経堂《きょうどう》駅からほど近い場所にあった。

四階建ての小さなマンション。築年数はかなり古そうで、エレベーターの装備はなく、エントランスもオートロックではない。人気ユーチューバーとはいえ、まだメジャーな芸能人のような暮らしぶりではなさそうだ。

カエデはグルメ警部と階段を上り、三階にある勝谷家のドアの前に立った。

「カエデ。君がチャイムを押して対応してくれ」

「なんでですか？」

「相手は君と同世代の女性だ。男の俺より警戒されないだろ。そのために同行してもらったんだ」

「……わかりましたよ」

これも助手の仕事なのだ、と思いつつチャイムを押すと、インターホンから「はい？」と女性の声がした。低めの声だ。

「すみません、警察の者です。勝谷寧々さんはご在宅でしょうか？」

「……なんの御用ですか？」

「被害届けを出されたユーチューブ動画の件で、捜査をしています。寧々さんにお話を伺《うかが》いたいのですが」

「本当に警察の方？」

疑わしそうな声を聞いた途端《とたん》に、グルメ警部が身を乗り出した。

「警視庁の久留米、と申します。こちらは部下の燕《つばめ》です」と、カメラの前に自分の名刺を寄せる。

「……少々お待ちください」

声の主がインターホンを切った。

「今の人、お母さんですかね？」と警部に尋《たず》ねる。

「いや、お姉さんかもしれない。寧々さんは姉妹ふたり暮らしだと本人が言っていたそうだ」

警部が背筋をピンと伸ばす。相変わらず、英国紳士風のスーツ姿。００７ばりにばっちりキマっているけど、同じスーツを色違いで揃えてあり、毎日着回しているのである。

カエデも警部に買ってもらった四色の同じスーツから、カーキを選んで身に着けていた。警部が言った通り、服を選ばなくてよいという状況は、朝のひとときを有効に使えて効率的だ。

ガチャ、といきなり玄関扉が開いた。

「寧々がお話しするそうです。お入りください」

落ちついた佇《たたず》まいの、黒縁メガネをかけた女性。ショートヘアがよく似合っているが、どことなく表情が暗い。歳は二十代後半くらいだろうか。

「お邪魔《じゃま》します」

カエデは警部と声を揃えて玄関に入った。

キチンと整頓《せいとん》された玄関スペース。靴を脱ごうとしたら、女性がスリッパを用意してくれた。

「おそれいります。失礼ですが、寧々さんとのご関係を伺ってもよろしいですか?」

警部の質問に、女性は「姉の由梨《ゆり》です」と答えた。

「由梨さん。今日はお仕事、お休みだったんですか?」

廊下《ろうか》を進みながら、さりげなく警部が探りを入れる。

「ええ。寧々の体調がすぐれないので、有休を取りました」

「ちなみに由梨さんのご職業は?」

「教師をしています。……あちらのテーブルでお待ちください」

由梨が早々と会話を終わらせ、ダイニングテーブルを指差した。大理石のテーブルも猫足の椅子《いす》もアンティーク風。天井《てんじょう》には小ぶりのシャンデリア、窓にはドレープ付きのカーテン。中世ヨーロッパをイメージさせる、エレガントな部屋だ。

「紅茶、コーヒー、日本茶。どれがよろしいですか？」

ダイニングテーブルのすぐ横に大きなオープンキッチンがあり、由梨が中に立っている。

「お構いなく……」と言おうとしたら、さっさとテーブルに着いた警部が、「じゃあ、紅茶をいただこうかな。カエデも同じでいいか？」と訊《き》いてくる。

「は、はい。由梨さん、申し訳ありません」

職務中なのになんと図々しい！　と思ったカエデだが、グルメ警部のお坊ちゃまならではの厚かましさには、だいぶ慣れてきていた。

お茶の準備をする由梨を眺める振りをしながら、キッチン周りを観察する。

遮《さえぎ》るものがないオープンキッチンは、どこもピカピカで清潔感が漂《ただよ》っている。左右の棚に、オシャレなケトルや鍋、ミキサーやフードプロセッサー、調味料の入った容器などが整然と飾ってある。ここが、ネネリンのユーチューブ動画の撮影場所なのだろう。

――あれ？　なんか違和感があるぞ。なんでだろう……？

違和感の正体がわからないカエデの横で、警部が由梨に話しかけた。

「素敵なキッチンですね。もしかして、最近リフォームされたんですか？」

「はい。かなり古びていたので、思いきって変えました」

「さすが、料理をされる方のキッチンだ。スタイリッシュで機能的ですね」

警部は感心しながらキッチンを眺めている。

なるほどね。このスペースだけ浮くほど新しいから、違和感を覚えたのかもしれないな。

ひとまず納得したカエデは機能的で広々としたキッチンを、もう一度見渡した。

リビング側から見て右側に流し台。左側がコンロ。真ん中の広い調理台には、パイのような焼き菓子が置いてあり、そこから甘い香りが漂っている。

適度な焼き色がついた丸いパイ。美味しそうだな。中には何が入ってるんだろう？

「カエデ。まさか、あのパイが食べたい、なんて思ってないよな？」

「あ、えーっと、バレちゃいました？」

「君の思考は顔に出るからな」

警部が薄く笑ったとき、小柄な女の子がリビングに入ってきた。

「そのパイ、カットしましょうか？」

女の子がキッチンの調理台へ直行する。

「そんな、お構いなく。捜査で伺っただけなので」

あわてて カエデが止めたのだが、彼女は食器やナイフを用意している。ボーイッシュなベリーショート、ノーメイクだが十分に愛らしい顔。パーカーにジーンズ。もしや、この女の子が……。

「あの、ネネリンさん、ですか？」

「そうよ。普段のあたし、まるで別人でしょ」

ええ、とも言えずに沈黙する。ネネリンこと寧々は、素早くパイと食器を銀色のトレイに載せて運んできた。パイの上には、金色の厚紙で作った王冠が飾られている。いつの間にか寧々がかぶせたようだ。

「わあ、かわいい。王冠を飾ったパイなんて初めて見ました」

カエデが感嘆すると、隣りの警部が「ガレット・デ・ロワだ」とさらりと言いながら、寧々に名刺を手渡す。

「スイーツに詳しいんだね。久留米警部さん」

「ほんの聞きかじりですがね。ガレット・デ・ロワは新年を祝うフランスの伝統菓子。まだ十一月なのに用意するなんて、少し早いようですが……」

「動画の練習用に作ってみたの。中にフェーヴも入れてあるよ」

「フェーヴ？」

首を傾げたカエデに、寧々が視線を移す。

「陶器の小さな人形のこと。ガレット・デ・ロワの中にひとつだけ入れるの。切り分けて配ったパイにフェーヴが入っていたら、その人が王様となって祝福される。王様はこの王冠をかぶって、その場のみんなに何でも命令できるの」

「へえ、面白《おもしろ》い風習ですね。王様ゲームみたい」

「でしょ。誰が当たりを引くのか、運試ししようよ」

寧々は八等分にカットしたパイのピースを、右手に持ったケーキサーバーで、四つの皿にふたつずつ取り分ける。

「あの、ネネリンさん、体調は大丈夫なんですか？」

意外なほど元気そうな寧々に、カエデは問いかけてみた。

「大丈夫なわけないでしょ。今は精神安定剤で保ってるだけ」と彼女は吐き捨てるように答えた。

「あんなクソみたいな動画で侮辱されて、大炎上になったんだよ。もう、怒りで爆発しそう。せっかく芸能事務所と契約できそうなのに、いい迷惑だよ。これで契約がパーになったら、絶対に許さない。復讐《ふくしゅう》してやるから」

怒りを抑えきれない様子の彼女に、「寧々、落ちついて。お茶が入ったわよ」と由梨が声をかけた。

「お姉ちゃんも座って。警部さんたちと話をする前に、ガレット・デ・ロワで運試しするから」

困ったような表情の由梨が、皆の前に左手でティーカップを配っていく。

姉は左利きで、妹は右利きなんだな。

カエデはどうでもいいことを考えつつも、視線はパイから離せずにいる。

「せっかく用意したんだから、食べてってよ」

寧々に言われて、グルメ警部が皿を手に取った。

「では、遠慮なくいただきます」

フォークでパイを口に運び、「これは素晴らしい」と褒《ほ》め称える。

「中に詰まったアーモンドクリームと、サクサクのパイとのバランスが最高です。このクリーム、アーモンドだけじゃないな。……わかった。カカオも入ってますね」

すると寧々は、ほんの少しだけ口角《こうかく》を上げた。

「こういう言い方は失礼になるかもしれませんが、まさにプロ級の味です」

「警部さんこそ、かなりの食通みたいね」

「それほどでもないですよ。特にフレンチ系が好みなだけです。このさっくりとしたパイ生地も、寧々さんの手作りなんですか？」

「もちろん。あたしのフランス菓子はすべて手作り。それがウリだから」

「いや、本当に素晴らしいですね。このアールグレイも絶品だ。茶葉を完璧《かんぺき》な温度で開かせて、香りを最高潮に引き上げている。パイを作った寧々さんも、お茶を淹《い》れた由梨さんも、本当にセンスがいい」

絶賛する警部に釣られて、カエデもおずおずとパイを食べてみた。

「美味しい！　めっちゃ美味しい。それしか言えなくてすみません。でも、こんなにクリームがみっちり入ったパイ、初めてです」

アーモンドクリームの甘さも控えめで、さくっと胃の中に収まりそうだ。

「でしょ。あたし、スイーツのレシピ本も出す予定なの」

誇らしげに言った寧々が、自分のパイをフォークで切り分けた。

「当たり！　あたしのパイにフェーヴが入ってた。ほら見て」

うれしそうに小さな陶器を取りだす。子どものように無邪気《むじゃき》に見える。

「それがフェーヴなんですね。かわいい」

妖精のようにとんがり帽子をかぶった、小指ほどの愛らしい人形だ。

まじまじとフェーヴを見るカエデに、グルメ警部が解説を始めた。

「フェーヴには〝そら豆〟という意味があるんだ。胎児《たいじ》のかたちをしているそら豆は、古代から命のシンボルとされ、幸運のアイテムとして使われていたらしい。かってはガレット・デ・ロワにも、本物のそら豆を入れていたそうだ。十九世紀に陶器の人形をフェーヴと名づけ、そら豆の代わりに入れるようになった。そんな説がある」

「警部さん、マジで詳しいんだね。そのよく回りそうな頭を、あたしのために使ってもらえないかな？」

寧々はパイに飾られていた紙製の王冠を、自らがかぶった。

「フェーヴを当てたあたしが王様だから、命令させてもらうね。あの忌々《いまいま》しい成りすまし犯が誰なのか、徹底的に捜査して。どうしても正体が知りたいの」

ぎらつく視線をグルメ警部に注《そそ》ぐ。

「正体がわかったらどうするつもりなんですか？　あなたのブログをタテ読みしたら、〝死しかないよね〟と書いてありましたが……」

冷静な警部の問いに、寧々は「あんなのはお遊びよ。タテ読みで匂わせて読者の興味を引く。今はみんなやってるでしょ」とすまし顔をする。

「いい趣味とは言えませんね。ファンの方も心配されるでしょう」

「うるさいわね、余計《よけい》なお世話よっ」

寧々が警部を一喝《いっかつ》した。ユーチューブ動画の可憐《かれん》なイメージとは異なり、素顔の彼女は勝気《かちき》で好戦的な女の子のようだ。

「あなたにはユーチューバーの気持ちなんてわからないんだよ。どれだけ苦労してフォロワーを増やしてきたのか、エリート国家公務員にはわかるわけないもんね。企画、構成、メイク、スタイリング、出演、撮影、編集、全部あたしがひとりでやってるの。やっとの思いで上がってきたのに、足を引っ張ろうとするヤツがいるわけよ。どうせあたしが妬《ねた》ましいんでしょうけど、顔も素性《すじょう》もさらさないで岩陰から石を投げる無能野郎なんて、マジ死ねばいい。刑事と民事で徹底的に追いこんで、社会的に葬《ほうむ》ってやる！」

どんどん口調が激しくなり、息も荒くなっている。

「寧々、お薬を飲みなさい。飲んだら深呼吸して」

由梨が水と薬を運んできた。白や黄色の錠剤、赤いカプセルなど、かなりの量の薬だ。精神安定剤かもしれない。寧々は素直に薬を飲み、深く呼吸を繰り返した。

彼女が普通の精神状態ではないことを、カエデは改めて認識した。

「寧々さん、お気持ちはわかりました。私が捜査しますから、少し質問をさせてください。それから、お願いがあります」

グルメ警部は思わせぶりに微笑んだ。

「このガレット・デ・ロワ、ひと切れだけお土産《みやげ》にいただいてもいいですか？　あまりにも美味《びみ》なので」

カエデは、ガクッとコントのようにコケそうになった。

こんな場面で食い意地を通そうとするなんて、変人にもほどがある。

しかし、寧々は「いいよ。どうせ爆食いのときにたくさん作るから」と穏《おだ》やかに応じ、「質問もどうぞ。なんでも答える」と言った。能天気《のうてんき》な警部の態度が、彼女の尖《とが》った心を落ちつかせたのかもしれない。

「じゃあ、お包みしますね」

由梨が素早く動き、小さな箱にパイを入れて警部に差し出す。

「おそれいります。由梨さんも座ってください」

頷《うなず》いた由梨が妹の隣りに座り、四人がテーブルを囲んだ。

警部は居住まいを正してから、静かに質問を開始した。

「問題の成りすまし動画を上げた犯人は、明らかに女性のようでした。寧々さん、あなたに恨みを持っている女性に、心当たりはありませんか？」

「そりゃあ、ごまんといるでしょうね。有象無象《うぞうむぞう》の嫉妬《しっと》女は」と寧々は口元を歪《ゆが》ませる。

「ですが、あんなに手の込んだ成りすまし動画を、リスク覚悟でアップした人物です。寧々さんに相当強い想いを持っているはずだ。有名人への誹謗中傷をネットに書きこむのは、ほぼ一般人です。でも、こういった度を超えた嫌がらせの場合、犯人は赤の他人ではないことが多い。近しい人の仕業《しわざ》であることが多いんですよ」

淡々と警部に言われて、寧々は考えこんだ。

「……わかんない。誰もが怪しく思えてきちゃう」

「では、質問を変えましょう。あなたは芸能事務所と契約を交わそうとしていた。まだ公式発表はしていないですよね？」

「そう。本契約はまだ先。まだ仮の話だったの。成りすまし犯のお陰で、どうなるかわからなくなっちゃったけどね」

彼女は悔《くや》しそうに唇《くちびる》を噛む。

「成りすまし犯はその事実を知っていた。あの動画がアップされる前にね」

「でも、あたしの契約の噂は広がってたと思うよ。誰かひとりになんて、絞りこめないと思う」

反論した寧々だが、警部はさらに食い下がる。

「ただ、あの動画にはより詳しい情報があった。寧々さんが自ら事務所に売り込んで、社長と懇意《こんい》にしている、という情報です。それは事実ではないのですか？」

「……まあ、そこは嘘ってわけじゃないけど。でも、枕なんてしてないからね。お菓子だって手作りだし、爆食いもインチキじゃないから」

「わかりました。でも、あなたが事務所にコンタクトをとって、社長さんと話をしたのは事実なんですね？」

「うん……」と言ったきり、彼女はうつむいてしまった。

「どうかしましたか？」

「警部さんに言われるまで、そんな風に考えたことなかった。あたしが契約のこと話した人が、やったのかもしれないんだ……」

表情が暗くなった寧々に、警部が穏やかに話しかける。

「思い出してください。仮契約に至るまでの経緯《いきさつ》を、誰かに話しましたか？」

「もちろん話したよ」

寧々は、横にいる由梨を指差す。

「お姉ちゃんに」

その瞬間、由梨が顔を強張《こわば》らせた。

「ちょっと、わたしを疑うの？　信じられない」

「あたしは警部さんの質問に答えただけだよ。お姉ちゃんがあんなことするわけないよね」

「あたり前じゃない。そんな暇ないわよ」

眉間《みけん》にシワを寄せた由梨が、自身のスマホを握《にぎ》って立ち上がった。スマホカバーについたスワロフスキーのアクセサリーが、ジャランと音をたてる。小粒のクリスタルが連なった、美麗《びれい》なアクセサリーだ。

ダイニングテーブルの横にあるガラスの食器棚にも、クリスタルの美しいグラスが飾ってある。由梨の趣味なのかもしれない。

「お姉ちゃん、機嫌《きげん》悪くさせてごめん。そんなつもりじゃなかったの」

殊勝《しゅしょう》な態度で謝る妹に、由梨は表情を和《やわ》らげた。

「わかってるよ。仕事のメールが入ったから見てくるね」

由梨はキッチンへ向かい、スマホを操作しはじめた。

「寧々さん、お姉さんのほかに話した人はいませんか？」

再び警部が質問を開始した。

「あとは……幼馴染《おさななじみ》の鈴木ミキ、後輩の高倉加奈子《かなこ》、旅行仲間の柴山《しばやま》アユ、くらいかな」

三本の右指を折りながら、寧々は答えた。

「その三人には、直接会って話したんですか？」

「ううん、メールとか電話で知らせただけ。でも、みんなよろこんでくれた。あたしを裏切るような子たちじゃないよ」

「念のため教えてください。その人たちとはどこで知り合ったんですか？　いま何をしている方ですか？」

「……えっと、ミキとは中学の同級生で、今はフランス人と結婚してパリで子育てしてる。加奈子は専門学校時代の後輩で、レストランでパティシエの修業中。アユとは沖縄の旅行中に知り合ったの。今は大学生でデパートの雑貨コーナーでバイトしてる」

「なるほど。パリ在住の主婦・ミキさん。パティシエ見習いの加奈子さん、大学生でバイト中のアユさん。この三人と由梨さん以外には、伝えていないんですね？」

「個人的な友だちにはね。正式に決まるまでは、信用できる人にしか伝えないつもりだった」

「お手数ですが、今お話に出た三名の連絡先と住所を教えてもらえますか。あと、あるなら最近の写真も」

「メールで送る。アドレス教えて」

「では、私のアドレスにお願いします」

警部とアドレス交換した寧々が作業を終えたところで、由梨がテーブルに戻ってきた。

「成りすましの犯人、わかりそうですか？」

由梨に尋ねられて、警部がゆっくりと頬を緩めた。

「ええ。動画の中にヒントがありましたから」

一瞬、その場の空気が固まった。

「……ヒント？　ヒントってなに？　どこにあったのっ？」

寧々がグルメ警部に詰め寄っていく。

「あの動画には、成りすまし犯のミスがあった。気づきませんでしたか？」

飄々《ひょうひょう》と述べる警部を、カエデも見つめる。同じく由梨も凝視《ぎょうし》している。

犯人のミス？　一体どこに？

「もう一度だけ、あの動画を観ていただきたいところですが、不愉快でしょうから
……」

「いいよ、観る」

「では、寧々さんさえよければ、ここでお観せします」

「わかった」

「寧々、やめておいたほうがいいんじゃないかな。また具合が悪くなるかもしれないし」

由梨が止めに入ったが、寧々は「いいの」と首を横に振る。

「そのミスとやらがわかれば、犯人もわかるんでしょ？」

「おそらく。現時点では推測《すいそく》にすぎませんけどね」

「動画を出して」

きっぱりと言いきった寧々。警部はカバンからPCを取り出し、テーブルの上に置いた。

「頭から観る必要はありません。ここから画面に注目してください」

カエデも観たばかりの気味の悪い動画。黒いマスクと黒いドレスの成りすまし犯が、スイーツの並んだ段ボールの前にいる。

『今日は出来合いのスイーツを用意しました。もちろん全部、アタシが大好きなフランスの伝統菓子ですよー。カヌレ、マドレーヌ、マカロン、ザッハトルテなど。手作りよりも有名店のスイーツのほうが、遥かに美味しいですよね。今日は胃もたれしそうなフランス菓子に埋もれながら、アタシの本音を暴露したいと思いまーす』

そこで警部が動画を一時停止にした。

「犯人は『出来合いのフランスの伝統菓子を用意した』と言いました。でも、本当にそうでしょうか？」

その場の全員が画面に釘《くぎ》づけになっている。

「カヌレ、マドレーヌ、タルトタタン、マカロン、クレープシュゼット、シュークリーム、それから、ザッハトルテ」

警部が動画のザッハトルテを指差す。滑《なめ》らかなチョコでコーティングされたホールケーキだ。

「わかった！」と寧々が声を張り上げた。

「ザッハトルテはフランス菓子じゃない。オーストリアの伝統菓子だよ。動画の内容がショックすぎて、そこには気づかなかった」

「そう、フランス菓子ではないものが混ざっている。なのに、犯人は全部がフランスの伝統菓子だと思っているようです。つまり……」

「警部、つまりなんですか？」

先が気になるカエデは身を乗り出してしまった。

「フランス菓子にそれほど詳しくない人間の仕業、ということになる」

警部の言葉に、すぐさま由梨が反応した。

「わたしもなんでザッハトルテが混ざってるんだろう？　って不思議だったの。ただ、それが犯人に繋がるとまでは思わなかった」

「動画の衝撃度が強すぎましたからね。気づかなくて当然です」

そう言って警部は、ＰＣから手を放した。

なるほど、とカエデは静止動画のザッハトルテを見つめた。

チョコレートで包まれた、艶《つや》やかな丸いケーキ。飾りらしきものは三角形のチョコレートプレートのみ。そのシンプルさが、より高級感を醸《かも》し出している。これがオーストリアの伝統菓子だとは、まったく知らなかった。

「さて、ここからは犯人の絞りこみです」

再び、全員の視線が警部に注がれる。

「寧々さんの契約の経緯を知っていて、なおかつ、フランスの伝統菓子を間違えた人物。容疑者は三人。寧々さんの女友だちです」

グルメ警部は優雅な手つきで紅茶を飲み、再び口を開いた。

「単純な消去法でわかりますね。パリ在住でフランス人の旦那《だんな》さんがいるミキさんが、ザッハトルテをフランス菓子と間違える確率は低い。パティシエ見習いの加奈子さんなら、世界のスイーツに詳しいでしょう。では、大学生でバイトをされているアユさんは……？」

「……アユは、甘いスイーツが好きじゃない。フランス菓子にも興味ない」

低く沈んだトーンで、寧々が言った。

「それでは、一番怪しいのはアユさん、ということになります」

ガタン、と椅子が音をたてた。寧々が勢いよく立ち上がったのだ。

「アユのとこに行ってくる！」

「寧々、待ちなさい。今日は病院の予約が……」

「キャンセルするから」と姉に言い渡す。

「あたしは友だちを信じたい。アユはあんなことをする子じゃない。だって、何度も一緒に旅行した仲間なんだよ。だからこそ、あたしがアユに確かめたいの。でも……でも、もしもアユが犯人だったら……」

そこでひと呼吸してから、彼女は表情を引き締めた。

「警部さん、アユを逮捕《たいほ》してくれる？」

「もちろん。私が署に連行しますよ」

「じゃあ、一緒に来て。あたしが直接アユに確認するから！」

「いや、その前にもう少し証拠《しょうこ》を捜しましょう」

いきり立つ寧々をなだめるように、警部は落ちつき払った口調で言った。

「証拠？　どうやって調べるんですか？」

質問したカエデに、警部は「ザッハトルテをもう一度見てほしい」と告げた。全員がPCの静止動画を覗《のぞ》きこむ。

「日本でザッハトルテを取り扱うメーカーは、そう多くはないんです。たとえば、百貨店などに出店しているヨーロッパのチョコレート菓子専門店〝ヴィタメール〟。ウィーンに本店がある〝デメル〟。オーストリア菓子の専門店〝ツッカベッカライ　カヤヌマ〟。有名なのはこの三つですね」

だから？　と言いたげな顔で寧々が警部を見つめている。

「動画のザッハトルテは、上に三角形のチョコレートプレートが載っていますね。この特徴的な三角形のプレートを飾ったザッハトルテといえば、デメルしかないんです」

「デメル。知ってるわ。スイーツの有名ブランドよね」

由梨がつぶやき、寧々も頷く。

「ということは、成りすまし犯はデメルでザッハトルテを買って、動画にアップした？」

カエデの言葉に、警部が頷いた。

「そういうことだ。デメルは都内や近郊の百貨店に入っているはず。検索してみよう」

ＰＣを操作した警部は、「これで見る限り、数店舗しかないな」と言って、寧々にリストの掲載された画面を向けた。

「寧々さん、もしかしたらですが、アユさんがバイトされている百貨店が、この中にありませんか？」

彼女は画面を凝視してから、「ある」と答え、画面の一点を指差した。それは、新宿にある有名百貨店だった。

「ここ。アユはこのデパートの雑貨コーナーでバイトしてるの……」

語尾が震《ふる》えた。友人の犯行である可能性が高まったので、ショックを受けているのかもしれない。

「アユちゃんのバイト先にデメルが入ってたってことは、ザッハトルテだけじゃなくて、ほかのお菓子も同じデパ地下で買ったんじゃないかしら？　カヌレとかシュークリームとか」

由梨が自分の思いつきを、やや興奮気味で述べる。

「その可能性はありますが、現時点では、あくまでも犯罪事実を間接的に推測する状況証拠にすぎません。アユさんが本当にこの百貨店で動画のスイーツを購入したのか、後輩に調べさせます。ちょっと失礼」

警部はスマホを手に玄関のほうへ向かった。きっと、小林巡査部長に電話をするのだろう。

「……信じられない。まさか、アユがあたしを貶《おとし》めるようなことをするなんて……」

茫然《ぼうぜん》とした口調で寧々がつぶやく。

「まだ決まったわけじゃないですよ。見知らぬ誰かが、契約の経緯を知る人から聞いてやったのかもしれないし」

ついフォローしてしまったカエデを、寧々がギッと睨《にら》む。

「誰がどう考えてもアユが怪しいじゃない！　デメルのザッハトルテが買える数少ないデパートでバイトしてるんだから。しかも、アユは甘いスイーツに興味がない。ザッハトルテもフランス菓子だって、いかにも間違えそうな子なんだよ。あのさ、見え透《す》いた慰《なぐさ》めなんて言わないでよね」

「寧々、やめなさい。そういうキツい言い方が敵を作るんだって、何回言ったらわかるの？」

すかさず由梨が妹を窘《たしな》めた。

「あなたが気づかないだけで、相手を傷つけるようなこと、言ってたのかもしれない。それがブーメランのように戻ってきて、今回のように自分が傷つけられることになった。その可能性だってあるのよ」

姉に諭《さと》されて、寧々はうつむいたまま黙りこんでいる。

「もしかしたら、アユちゃんの身になにか起きたのかもしれないわよ。彼女、バイトしながら大学に通ってたでしょ。実家の仕送りじゃ足りないって、うちに来てこぼしてたことあったよね。彼氏ともうまくいってないようだったし。何かで追い詰められた結果として、華やかな世界にいこうとしてる寧々を妬んでしまった。そんな考え方だってできるでしょ？」

「……もしそうだとしたって、あたしはあの動画のこと、絶対に許せない。せっかく大手事務所と契約のチャンスができたのに」

絞り出すように寧々が言うと、由梨はやさしく目を細めた。

「そうだね。寧々、頑張ってたもんね。爆食いで身体《からだ》張って動画を作って。事務所の人との飲み会にも遅くまで付き合ったりして。だから、許さなくていいと思うよ。本当にアユちゃんの仕業なのか、確認だってしてくればいい。気が済むようにやりなさい。それでやりきったら、不快な過去の出来事じゃなくて、明るい未来に目を向けるの。自分のために。いいわね？」

「……そうする」

素直に頷く寧々を見て、ひとりっ子のカエデはしみじみ思う。

しっかり者でやさしいお姉さんがいて、うらやましいな、と。

「お待たせしました。寧々さんからいただいたアユさんの情報を、後輩に託しておきました。アユさんが百貨店でザッハトルテや他のスイーツを購入したかどうか、裏取りをしてくれます。少々時間はかかるでしょうけど」

安心させるように、警部がやんわりと笑む。

「でも、あたしは裏取りを待つつもりなんてないからね。今からアユの家に行く。月曜日は家にいる可能性が高いから」

寧々はすっくと立ち上がった。

「警部さん、一緒に来てくれる？」

「もちろん。王様のご命令ですから、よろこんでお供いたします」

グルメ警部は中世の騎士のようにうやうやしく、右手を胸に当ててお辞儀をした。

うわ、芝居がかってる！　でも、妙に様になってる。ますます００７っぽさが増してるかも。

今やカエデが、００７というワードで思い浮かべるのは、ダニエルよりも警部のほうが多くなりつつあった。

◈

ミニクーパーにネネリンと警部を乗せ、アユがひとり暮らしをしている登戸《のぼりと》のアパートへ向かった。そこは女子学生が好みそうな、外見は小ぎれいなワンルームアパート。アユの住まいは三階の角《かど》部屋だ。

道中の寧々は、徹頭徹尾《てっとうてつび》、成りすまし犯への呪詛《じゅそ》を吐《は》き散らしていた。

「……だから、あたしの足を引っ張るヤツは許さない。たとえ友だちでも、どんな理由があったとしても、必ず駆逐《くちく》してやる」

アパートの前に着いても、彼女は有名少年漫画の決め台詞《ぜりふ》のように、凄《すご》みのある言い方をしている。

グルメ警部はほぼ聞き流していたが、アユの部屋に行く直前に、真剣な表情で寧々に語りかけた。

「最近はアンガーマネジメントなんてワードもありますが、怒るという感情自体はマイナスではない。極めて強いエネルギーなので、使い方次第では向上心というパワーになりますからね。アンチが湧くのも名が広まっている証拠です。ファンとアンチがいるからこそ、コンテンツは大きくなる。その存在を誰も知らなければ、批判したがる人間も現れませんから」

「わかってるよ。だけど、あの動画はアンチの限度を超えてるでしょ。愉快犯って言ってもいいくらい。あたしは一生許さない」

「だが、相手にあからさまに怒りをぶつけると、強い反動を食らうこともある。まだ状況証拠しかない段階ですから、アユさんとは慎重《しんちょう》に話したほうがいい。私はそう思います」

そんなグルメ警部の言葉に、素直に従うような寧々ではなかった。

部屋にいたアユに、知り合いの警察官だとカエデたちを紹介するや否や、寧々はド直球で進撃を開始したのだ。

「要件だけ言う。あの成りすまし動画、アユも観たでしょ？」

「いきなりどうしたの？　観たよ。拡散《かくさん》されちゃったから。寧々、アンラッキーだったね」

落ちついて対応したアユは、サラサラのセミロングがよく似合う、清楚《せいそ》な愛らしさを持つ女の子だった。成りすまし動画で暴言を吐き、シュークリームを投げつけた女だとはとても思えない。

「しらじらしい！　あれ、アユの仕業でしょ！」

「はあ？　寧々、すっごい変だよ。なんかコワい」

「あんたはバイト先のデパートで、あの動画用にデメルのザッハトルテを買った。デメルが入ってるデパートでバイトしてて、あたしが芸能事務所の事情を話した子なんて、あんたひとりしかいないんだよ！」

「やだなあ、寧々。妄想《もうそう》が激しすぎ。わたしがやった証拠なんてないでしょ」

グルメ警部をチラ見するアユ。堂々としてはいるが、カエデには彼女の瞳が不安で揺れたように見えた。

「じゃあ聞くけど、ザッハトルテがどこの国のケーキなのか、アユは知ってるの？」

「フランスでしょ。あの動画で言ってたよね」

まったく動じることなく、アユは寧々に答える。

「残念でした。フランスじゃないよ」

「え？　じゃあ、どこ？　ってゆーか、それがなんか関係あんの？」

「大あり。成りすまし犯は、ザッハトルテをフランス菓子の中に入れちゃった人。ザッハトルテがオーストリアのケーキだって、まったく知らない人なの。あんたのようにね」

寧々がアユを追い詰め、ふたりの視線が絡《から》み合う。

グルメ警部は、沈黙したまま彼女たちを眺めている。

「あのさ、犯人はアユだって、状況証拠が揃ってんだよ。もう警察が調べてる。だから警察の人にも来てもらってるの。動画の事業者にも弁護士が削除と情報開示を要求してる。犯人が絞りこめたから、早く決着がつきそう」

女の子らしいファンシーな家具に囲まれた部屋で、その雰囲気《ふんいき》にそぐわないヘビーな話を繰り広げる寧々。カエデは、自分がこの場にいてはいけない気がして、ひたすら身を固くしていた。

「あたしは刑事と民事であんたを訴えるからね。逃げられないよ」

鋭《するど》く寧々が告げると、アユはゆっくりと髪の毛をかき上げた。

「逃げる気なんてないよ。フフ」

ふてぶてしく笑った途端、アユの不遜《ふそん》な笑い方が、動画の成りすまし犯と重なった。

「開き直った。やっぱりあんたがやったんだね」

「さあ、どうでしょう。寧々を貶めたい人なんて、数えきれないくらいいるでしょ。動画をアップしたのがわたしだとしてもそうじゃなくても、次の炎上ネタ、すぐに投下されるんじゃない？　だって、寧々は埃《ほこり》まみれだもん。叩けば舞い上がる埃だらけ」

「アユ……」

「それなのに、可愛くてお菓子作りが上手《うま》い爆食いタレントになろうとするなんて、自分の過去、舐《な》めすぎなんじゃないの？」

「……なに言ってるの？　過去ってなんのこと？」

寧々は声を震わせている。

「男を手玉に取ってたじゃん。メリットのありそうな男にだけ、いい顔しまくってたよね。芸能事務所だって、ラジオ局にいる旅行仲間に取り持ってもらってたじゃない。あの人、陰で言ってたよ。付き合う素振《そぶ》りだけされて、まんまと利用されたって」

「素振りなんてしてない。頼んだだけなのに……」

「ああ、自分じゃ気づかないのかもね。酔っちゃったーって男に甘えるクセ。寧々は八方《はっぽう》美人の思わせぶり女だって、仲間のみんなが言ってるよ。本当はアイドルになりたかったんだろうけど、なり損《そこ》ねてユーチューバーになった爆食い女。男に頼ってのし上がろうとしてる、恥知らずでかわいそうな女だってね。わたしもかわいそうだと思ってたから、今まで寧々に付き合ってあげてたんだよ」

「かわいそう？　付き合ってあげてた？」

怒りで寧々の顔に赤みが差した。

「ネネリンさん、落ちついて。アユさんも」

カエデは黙っていられずに口を挟《はさ》んだ。女子たちが感情をぶつけ合うドロドロ展開は、昔から苦手《にがて》だった。胸が苦しくなってくる。

はー、と息を吐いてから、「要するに、こういうことか」と寧々が冷静に告げた。

「アユはあたしを見下《みくだ》してた。なのに、あたしがメジャー事務所と契約しそうになったから、どうしても阻止《そし》したくなった。だって、下だと思ってたあたしが上に行っちゃったら、あんたのプライドがズタズタだもんね。むしろ、かわいそうなのは何者にもなれないあんたじゃないの？」

「はあ――――？」

今度はアユの顔が赤くなっていく。

「パフォーマンスとして見せられる特技も、ひと目を引く美貌《びぼう》もない。必死で努力することだってないんだろうね。だから、人前に堂々と出て名乗ることができない。大学とバイトを行き来するつまんない毎日、希望のない未来。哀れな自分を慰める唯一《ゆいいつ》の手段が、ユーチューバーのあたしに成りすまして、誹謗中傷すること。顔を隠したままでね。あー、かわいそう。そんな卑怯者《ひきょうもの》を友だちだと思ってたあたしも、マジかわいそうだわ」

「寧々さん、そのくらいでいいでしょう」

沈黙を守っていたグルメ警部が、低く声を発した。

「それ以上、自分を下げる必要はない」

ふん、と寧々が横を向き、「こんなヤツ、相手にする価値もない」と小さくつぶやく。

すると、顔を大きく歪めたアユが「ふざけんなっ」と怒声を発した。

「いつもいつも自慢ばっかかして。チャンネル登録数が増えたとか、テレビ番組が大変だったとか。うんざりして聞いてるこっちの気持ちなんか、まったく気づかなかったんだよね。まじサイテー。わたしが大学中退したことだって、覚えてないくらいなんだから」

「……中退？　中退って？」

寧々はハッとした顔でアユを見た。

「言ったじゃん。学費が払えなくて辞めることになりそうだって。あのとき寧々、こう言ったんだよ。『ふーん大変だね、でも学歴なんてなくてもお金は稼《かせ》げるから。あ、そうそう、あたしのファンに東大生がいるみたいでさー』。で、そこからはファンの自慢話。わたしの話なんて完全スルーだよ。ホント無神経な女。少しチヤホヤされたくらいで、いい気になってんじゃないよ！」

黙りこんでしまった寧々に、アユが最後の言葉を発した。

「そうだよ、動画を上げたのはわたし。この部屋で撮影したの。あれ、よくできてたでしょ？　寧々が死ぬほど憎らしかったから、めっちゃ頑張っちゃった。好きに訴えればいいよ。でも、寧々に払うカネなんてないからね」

そして寧々は、警部が呼んだ所轄《しょかつ》の車で連行されるアユの姿を、アパートの前でじっと見つめ続けていた。

「あたしには本当の友だち、いないのかな……」

ぽつりとつぶやいた寧々の表情が、カエデにはとても悲しそうに見えた。

❖

「あー、モヤモヤする。気分が晴れない。後味の悪い事件でしたね」

カエデは麻布《あざぶ》の老舗《しにせ》イタリアンレストランで、バジリコのパスタをワシワシと食べていた。グルメ警部が仕事終わりで小林と合流し、食事をすることになったのだ。カエデも誘われたため、よろこんでお供をしているのである。

「結局、誰のせいとも言いきれないわけじゃないですか。もちろん、成りすまし動画を作ったアユさんが悪いんだし、友だちに裏切られたネネリンは本当に気の毒です。だけど、きっかけを作ったのはネネリンですよね。友だちが大学中退の問題で悩んでたのに、寄り添うどころか自分のファンのことで頭が一杯だったわけで。でも、それはネネリンが、自分の夢と一生懸命向き合っていたからなんですよね。わたし、ネネリンのことも否定できないんです」

「まあね。カエデちゃんのモヤッとする気持ち、オレはわかるよ。今、サイバー犯罪対策課がアユさんを取り調べてる。初犯みたいだし、起訴《きそ》されても執行猶予《しっこうゆうよ》になるんじゃないかな。問題の動画も削除できたしさ、ネネリンの炎上が早くおさまるといいね」

最初に会ったときと変わらずチャラ男風の小林が、生ハムをつまみに白ワインを飲む。警部と行くのはステーキ店か高級居酒屋が多いらしく、イタリアンは初めてらしい。

「どんな理由があろうと、他者を貶める犯罪行為は許されない。アユさんはしかるべき処分を受けないとな」

いつものように店に無理を言ってオムレツを頼み、舌鼓《したつづみ》を打っていた警部が、やけに厳しい口調で言う。

もちろん、それはそうなのだけど……。

カエデは、由梨が寧々に諭した言葉を思い出していた。

(あなたが気づかないだけで、相手を傷つけるようなこと、言ってたのかもしれない。それがブーメランのように戻ってきて、今回のように自分が傷つけられることになった。その可能性だってあるのよ)

「あの由梨さんって、すごく聡明《そうめい》な人ですよね。警部が小林さんに電話してたとき、ネネリンを諭してたんですよ。その通りになっちゃった」

カエデは由梨が妹に何を言ったのか、ふたりに手短に説明した。

「……なるほどね。相手を傷つけたブーメランで自分が傷つけられる。因果応報《いんがおうほう》ってやつだね。オレも気をつけなきゃ」

「小林は調子がいいからな。本当に気をつけたほうがいいぞ」

「えー？　なんすかその含みのある言い方。オレ、先輩のこと傷つけちゃってます？」

「いや、大丈夫だ。俺はすぐ忘れる質《たち》だから」

「それって肯定《こうてい》したのと一緒じゃないですか」

ハハ、と警部が笑う。後輩をイジるのが楽しくて仕方ないようだ。

「お待たせいたしました。ビスマルクです」

ウエイターが大きなピザを運んできた。店内の窯《かま》で焼いた出来立てだ。

「わー、美味しそう」

カエデは中央に添えられた半熟卵から目が離せない。

「ベーコンとアスパラガス、モッツァレラチーズ、それに半熟卵。オーソドックスなビスマルクだな。かつてドイツ帝国を統一したビスマルク宰相《さいしょう》が、卵好きだったことから作られたピザだ。ドイツの同盟国だったイタリアでは、卵を載せたメニューを〝ビスマルク風〟と呼ぶようになったんだ」

うんちくを述べながら警部がピザをカットする。半熟卵がトロリと流れ、黄色いソースとなってピザの表面を覆う。

キャー、と叫び出したくなるほどのシズル感である。

「カエデ、半分くらい食べるか？」

「いえ、パスタもほぼひとりで食べちゃったし」

「遠慮しなくていいよ、カエデちゃん」

「……そうですか？　じゃ、いただきます！」

ふたりに勧められて、遠慮なくカットされたピザの半分を自分の皿に取り分ける。

「あ、ちょっと待ちたまえ」

突然、警部に制止された。ウエイターを呼んで何かをオーダーしている。すぐさま、ウエイターが小皿を運んできた。クラッシュした氷の上に、黒い粒がびっしり詰まった小さな入れ物が載っている。

「お待たせいたしました」

ウエイターがうやうやしく小皿を置く。

「なんすか、コレ？　トンブリ？　ホウキ草《ぐさ》の実を加工したヤツ。うちの田舎じゃよく食べてたけど」

真顔《まがお》で言った小林を、グルメ警部がギロリと睨む。

「小林、それ以上しゃべらないでくれ」

「え？」

「こちら、ベルーガ産のキャビアでございます」と言ってウエイターが立ち去るや否や、小林が目を剝《む》いた。

「き、キャビアッ？　マジすかっ！　あの高級食材の？」

「高級、ではない。最高級のベルーガ産だ」

「うわー、オレ、キャビアなんて初めて見ました！」

「落ちつけ小林。これをこうするんだよ」

警部がキャビアをスプーンですくい、各自のピザの上に載せた。

「さ、食べてくれ」

「はい！」「ラジャー！」

カエデは小林と同時に即答した。大急ぎでキャビア入りビスマルクに手を伸ばす。半熟卵がこぼれ落ちないように、ピザを真ん中で畳《たた》んで手づかみし、大口で頬張った。

――ヤバい。モチッとしたナポリ風のピザ生地に、濃厚なモッツァレラチーズと半熟卵ソースが絡み合って、口の中から美味しいエキスがあふれ出そうになっている。そこに加わったベーコンとアスパラガス、さらに、最高級キャビアの旨味《うまみ》とプチッとした食感が加わり、味覚を司《つかさど》る機能がスパークしてしまいそうだ。

「ウマい！　超ウマい！　キャビアと卵の組み合わせ、最強っす！」

小林の感嘆する声が響き渡った。

「うう、ホントに、おいひい、です」

「しゃべらなくていいから。ゆっくり咀嚼《そしゃく》してくれ」

グルメ警部に言われて、食べることに集中する。

それにしても、最高級キャビアをさらっと頼み、ピザに載せてしまう警部。なんと贅沢《ぜいたく》な美食家なのだろう。

カエデが警部をチラ見すると、上品にナイフでピザをカットし、口に運んでいる。

「そうだ。手づかみでかぶりついたカエデと小林とは対照的だ。

「そうだ。先輩に頼まれたこと、調べておきましたよ。あの姉妹について」

速攻でピザを平らげた小林が、茶封筒に入った書類を取り出し、グルメ警部に渡した。

「ああ、助かる」

姉妹について、だと？

気になったカエデは、あわててピザを飲みこんだ。

「その姉妹って、寧々さんと由梨さんのことですか？」

「そうだよ。あのふたり、かなり苦労してたみたいなんだ」

苦労？　一体どんな苦労をしていたんだろう。すごく知りたい。

「小林、そこまでにしておけ。まずは俺が読むから」

窘《たしな》められた小林が、「はっ」とその場で敬礼をする。

「お前の敬礼は、本当に軽いよな。口も軽いし」

「すんません！」

「まあいい。カエデ、この書類のことはひとまず忘れてくれ」

「……はい」

残念だけど、警部にそう言われたら黙るしかない。

カエデは再び、ピザに手を伸ばした。

「じゃあ、あとでゆっくり読ませてもらう」

書類を警部がカバンに仕舞おうとしたとき、見覚えのあるステンレスボトルが覗いた。〝無病息災《むびょうそくさい》〟のお守りがついているボトル。中身は、久留米家の家政婦・政《まさ》恵《え》が用意した、警部用の特製ブレンドティーだ。

「警部、政恵さんのお茶、ちゃんと飲みました？」

「……ああ」

「飲んでないって、顔に書いてあります」

「バレたか。あとでちゃんと飲むよ。今はこっちを飲みたい」

グイッと白ワインを飲み干す。

「もー、政恵さんに怒られますよ」

カエデの言葉は無視して、警部は自らワインを注ぎ足している。

「ここのハウスワイン、リーズナブルでなかなかイケるんだよな。小林ももう少し飲むだろ？」

「オレ、できれば焼酎《しょうちゅう》が飲みたいんですけど」

「ん？」

「だから焼酎が……」

「あのな、小林」と、グルメ警部が呆れ顔をする。

「冗談にもほどがあるぞ。ここは雰囲気こそカジュアルだが、料理は本格派のイタリアンだ。焼酎があるわけないだろう。その料理にマッチする酒を選ぶ。それがグルメの神髄《しんずい》じゃないか」

「だってオレ、グルメじゃないし」

小声で言った小林を、「なに？」と警部が睨む。

「いえ、なんでもないです！　ワイン、いただきます！」

「最初からそう言いたまえ」

警部は手慣れた様子で小林のグラスにワインを注ぐ。

小林は「うん、やっぱイタリアンにはワインだよなー」と半笑いをする。

いかにも美食家な先輩と、圧倒的庶民感を漂わせる後輩。そんなふたりの会話を、カエデは微笑ましく聞いていた。

「そういえばオレ、ついに献血してきたんですよ。いやー、先輩の言ってる通り、献血センターって居心地最高っすね。飲み物もお菓子も自由だし、漫画も読み放題。クセになりますね」

「だろう。ぜひ習慣づけてくれ。社会貢献《こうけん》であり、健康管理にもなる」

「次は先輩と一緒に行きたいなあ」

「だから、なんでわざわざ一緒に行くんだよ」

「いいじゃないですか。終わったら焼肉しましょうよ」

「断る。献血を温泉みたいに言うなよ。行楽《こうらく》じゃないんだから」

「まあ、そうっすね。でね、血液検査の結果でびっくりしたんですよ。オレ、血糖値がめっちゃ高くなってて……」

ふたりが駄話を始めたので、カエデは何《なに》げなく店の入り口に視線をやった。

薄い色のサングラスをかけたスレンダーな女性。目深《まぶか》にツバつき帽子をかぶって、ひとりでコーヒーを飲んでいる。

……あれ？　見覚えのある女の人が席に着いている。

あの帽子をロングヘアにしたら……。そうだ。投資詐欺事件の犯人を確保したあとで、ホテルのバーで見かけた女性に似ている。

まさか、警部を狙うストーカーなのか？　それとも、似ている気がしているだけなのだろうか……？

「カエデちゃん、どうかしたの？」

小林が声をかけてきた。

「あの、振り向かないで聞いてください。入り口近くの席に女性がひとりでいるんですけど……」

声を潜めて、前にも同じ人に見られていた気がすると伝える。

「それも、警部と一緒のときだったんです」

さりげない口調を装っていたら、その女性がすっと立ち上がり、店から出ていこうとした。その背筋の伸びた歩き姿も、バーで見た人と似ている。

「あ、行っちゃう。どうしよう」

「オレが見てくる」

小林が素早く行動した。店を出た女性のあとをついていく。

「カエデ、気にしなくていい」

グルメ警部は落ちつき払っている。

「もしかして、警部の知り合いの女性ですか？」

「さあ、顔を見ていないからなんとも言えない。だが、悪意の視線は感じなかった。店内でもつねに注意を払っているが、怪しい気配《けはい》も特になかった。私が悪事に敏感《びんかん》だってこと、知ってるだろ？」

「確かに。わたし、ステーキ店の大食いチャレンジのとき、警部の洞察力《どうさつりょく》に助けてもらいましたからね」

あのステーキ店での出会いがあったから、カエデは警部の運転手兼助手になれたのだ。

「だから安心していい。君は今、気が張ってるんだよ。成りすまし犯の捜査に付き合わせて悪かったな」

「それはいいんです。いろいろと勉強になりますから。それに……」

「ん？」と、警部が小首を傾げる。

「この仕事、すごく楽しいです。運転も好きだし、誰かの役に立てるのって充実感があるし。憧《あこが》れてた警察官の仕事に少しでも関われて、本当にうれしいんです。万が一、さっきの女性が警部のストーカーだったりしたら、わたしがちゃんと守ります」

「それは頼もしいな」

ほんのりと微笑んでから、警部は余裕たっぷりにワインを飲む。

やはり、この人は変わっている。というか肝《きも》が据《す》わっている。自分が何者かにつけ狙われているのかもしれないのに。

いや、もしかすると、つけられているのは自分なのではないか？　なぜなら、二回とも警部と一緒のときに視線を感じたのだ。その視線を浴《あ》びていたのは、警部とは限らない。……とはいっても、自分をつけ狙う相手、しかも女性になど、まったく心当たりがない。

あの女性が本当にストーカーなら、どう考えてもターゲットはグルメ警部だよなあ……。

カエデは残りのピザを頬張りながら、ぼんやりと考えていた。

警部の運転手になってから二カ月ほど経つが、相変わらず個人的なことは知らないままでいる。ただ、警部は外食が多いということはよくわかった。カエデを連れていくこともあれば、仕事関係の人との会食も多い。自宅で家族と夕食を取ることなど、カエデが知るかぎり皆無だった。

警察庁長官の父親と、宝石店を経営する母親が多忙だから、という理由だけなのか、それとも別に理由があるのか、皆目《かいもく》見当がつかない。

もちろん、カエデが警部と行動を共にするのは平日だけなので、休日はどうしているのか知る術《すべ》がないのだが。

――しばらくして、小林が席に戻ってきた。

「彼女、タクシーに乗りこみました。乗った途端に帽子を脱いだんですけど、長髪でした」

長髪！　やはりバーで見た人と同一人物……？

「気になるようでしたら、ナンバーを控えたので追跡させますけど」

「いや。何もされていないし、気にする必要はないだろう」

「先輩、もしかしてあの人……」

小林が声を潜める。カエデは固唾《かたず》を呑んで次の言葉を待った。

「前にいましたよね？　先輩に交際を迫ってた女性。ほら、オレと行ったバーで知り合った雑誌モデル。マリさんでしたっけ、すっげー積極的で。あのとき彼女、先輩が乗ったタクシーを追って、実家までつけてきたんですよね」

「実家までつけてきたんですか？　その人もタクシーで？」

驚くカエデに、小林は小さく頷いた。

「もしかしてマリさん、まだ先輩に固執《こしつ》してるんじゃ……」

「まさか。もう半年も前のことだぞ。小林も妄想が逞《たくま》しいな」

「でも、先輩に相手にされなかったから、根に持ってたりするかもしれませんよ？　可愛さ余って憎さ百倍ってやつ」

相手にされなくて根に持つ、か……。

カエデの脳裏に、後ろで髪を縛《しば》った男の顔が浮かんできた。大食いチャレンジをしたステーキ店の店員、長尾《ながお》だ。

あの人も、こんなわたしを何度もデートに誘ってくれた。きっとわたしが相手にしなかったから、わざとコーンで嫌がらせをしたんだろうな。でも、本当に興味が持てなかったのだ。一体、どうすればよかったのか……?

考えていたら苦《にが》いものがこみ上げてきたので、急いで思考を止めた。

「大丈夫だって。確かに積極的な女性だったが、私以外にいくらでもいい相手がいるだろう。そんなことよりも……」

どこ吹く風で答えてから、警部は話題を変えた。

「そろそろラストオーダーだ。食後のドルチェはどうだ?」

「ドルチェ?」

キョトンとした小林に、「イタリア語でデザートの意味だ。ここはシチリア名物のカッサータが美味いらしいぞ」と警部が解説する。

「カッサータってなんすか?」

甘いものにも目がないという小林は、さっさとデザートの話題に食いついた。

「チーズが入ったクリームに、ナッツやフルーツを入れて冷やしたもの。アイスクリームのようなデザートだ」

「うまそっ。じゃあ、オレはそれをもらいます。あと、カプチーノも」

「わたしも同じでお願いします」

それから三人は、極上の手作りカッサータを堪能《たんのう》。濃厚で滑らかなリコッタチーズと、香ばしくてカリッとしたナッツとの組み合わせに心酔《しんすい》したカエデの脳内から、先ほどの女性や長尾のことは徐々に消えていった。

代わりに浮かんだのは、寧々のことだ。

あんな成りすまし事件があっても、平常心でユーチューバーが続けられるのだろうか。アンチの炎上が静まり、芸能事務所との契約も無事に進むといいのだけど……。

そう願ったカエデだが、まさかこの先も寧々に翻弄《ほんろう》されるとは、予想すらしていなかった。

◈

一週間後。カエデはいつものように田園調布《でんえんちょうふ》の久留米家の前にミニクーパーを停め、その横に立って警部が出てくるのを待っていた。

「カエデさん、おはよう」

家政婦の政恵がステンレスボトルを手にやってきた。無病息災のお守り袋が揺れている。

「おはようございます。警部用のお茶ですね。お預かりします」

「ちゃんと飲むように言ってよ。斗真《とうま》さん、貧血持ちなんだから」

「はい」

「あと、この紙袋も斗真さんに渡してほしいの」

ファンシーな柄の小さな紙袋を持たされた。それほど重くはない。中に何が入っているのか気になったが、カエデは詮索《せんさく》できるような立場ではないので、「了解です」とだけ答えておいた。

「斗真さん、ますます外食が増えちゃってるわよね。ちゃんと栄養バランス取ってるのかしら……」

日課のごとく同じようなセリフを繰り返す。

「あの、政恵さん。警部は以前から、ご両親と夕食を取らないことが多かったんですか？　お父様もお母様もお忙しそうですし」

カエデが素朴《そぼく》な質問をしたら、政恵がググッと身を寄せてきた。

「そろそろカエデさんにも、ここの事情を伝えておこうかしらね」

「事情？」

「実はね、斗真さん、旦那様と奥様とは距離をおいてるのよ。大学を出てからは世帯も分けてるし、ご両親とは生活費も別。部屋も離れてるからお話しすることもほとんどないの。お食事を一緒にすることなんて、法事《ほうじ》くらいかしらね」

「もちろん、旦那様は跡取り息子の斗真さんを大事にしてるし、身体の心配もされてるのよ。でも、奥様がね……」と口ごもる。

要するに、警部は母親と仲が悪いのだろうか？

「そうなんですか？」

「奥様、昔から事業でお忙しいから、斗真さんを構う時間がなくてね。学校の行事なんかも、代わりに私が出たりしてたの。……だからといって、おふたりが険悪《けんあく》な関係なわけじゃないのよ。立派なご家庭なんだから。でもね、斗真さんの前でご両親の話はしないほうがいいわ。特に奥様のことは」

「……わかりました」

政恵は奥歯にものが挟まったような言い方をしたが、カエデは冷え冷えとした久留米家のダイニングを想像してしまった。十人以上は座れそうな大テーブルで、たった独りで食事をする警部の姿を。

……いかん、いくらでも妄想が膨《ふく》らんでしまいそうだ。勝手な憶測《おくそく》はやめておこう。

「斗真さん、今夜も外食なのかしら？　カエデさん、何か聞いてる？」

「いえ、聞いてないです。でも、警部はレストランに行くのが本当にお好きですよね。お金にも糸目をつけないし。お坊ちゃまってスゴイなあ」

つい本音を漏《も》らしてしまったカエデに、政恵が小声で告げた。

「あのね、斗真さんは亡くなったお爺様《じい》から、まとまったお金を贈与されたの。この家の跡を継ぐ、という条件で。斗真さんがまだ学生の頃にね。でね、それを投資で増やしたみたいなのよ」

「投資？」

「そう。大学生のときに株とかの勉強をして、一気に何倍にもなったらしくて。今は全然やってないようだけど、配当金だけでもかなりの額になるみたい。それで車もお買いになったのよ。スゴイわよねぇ」

政恵は誇らしげだ。

つまり、警部はお坊ちゃまだから、という理由だけでお金があるのではなくて、個人で資産を増やしたわけか。プライベートで捜査の助手を雇ってキャビアをご馳走《ちそう》するくらい、なんてことないのかもしれない。あー羨《うらや》ましいな……。

そのとき、カツカツとヒールの音がした。こちらに近寄ってくる。

「ああ、奥様。おはようございます」と、政恵があわててお辞儀をした。

噂をすればなんとやら、だ。なんと、グルメ警部の母親、久留米絹子《きぬこ》が門から姿を現したのである。高級そうなブラウスにロングスカート。指先には大きな宝石の指輪が光っている。

「おはようございます」と、カエデも挨拶《あいさつ》をしたが、絹子は目もくれずに政恵の元へ直行する。

「政恵さん、午後にお客様が三名いらっしゃるの。アフタヌーンティーの支度《したく》をお願いできるかしら」

「かしこまりました」

「それから、斗真さんに伝えてほしいんだけど」

「なんでございましょう？」

「送迎用の古びたミニクーパー、家から離れた場所に停めてほしいのよ。ご近所の目に触れないように。なんで主人のようにハイヤーにしないのかって、皆さんに訊《き》かれて恥ずかしいの。だからお願いね」

「承知しました」

「それから、今週末から主人もわたしも海外出張なのよ。政恵さん、留守を頼むわね」

「もちろんお任せください」

政恵は絹子のあとを追い、門の中へ戻っていく。

古びたミニクーパー？　恥ずかしいだと？

ちょっと！　今、わざとわたしに聞こえるように言ったよね！　しかも、息子のお抱え運転手なのに挨拶すらしない。今まで一度もしてくれてないんだからね！　どんだけ自分が偉いと思ってるのよ！

憤慨《ふんがい》したカエデだが、もちろん口に出すわけにはいかない。とりあえず聞こえなかったことにして、門のすぐ横に停めた愛車の前で警部を待つ。

わたしの雇い主はあの嫌味《いやみ》な絹子じゃない。息子のグルメ警部なのだ。警部から何か言われるまでは、この場所に停めさせてもらおう。

固く心に誓ったところで、警部が早足でやってきた。

「いつも待たせちゃって悪い」

彼は車に乗りこみながら、意外な指示を出してきた。

「早速だけど、勝谷寧々さんの家に直行してくれないか」

「寧々さんって、ネネリンですよね？」

「そうだ」

「了解です」とエンジンをかけてから、「何かありました？」と小声で訊ねてみた。

「脅迫状《きようはくじよう》が届いたんだ」

「えっ？　脅迫状？　ネネリンに？」

思わず、かけたエンジンを止めてしまった。

「ああ。おとといの夜に、無記名の封筒がポストに投函《とうかん》されていたらしい。寧々さんからすぐに連絡があった。中身はA4用紙にプリントアウトされた脅迫状と、データの入ったUSB。すでに調べてあるが、指紋は検出されなかった」

「その脅迫状、なんて書いてあったんですか？」

「コピーがある。これだ」

後部座席を覗きこみ、警部が取り出した用紙に目を通す。


ネネリン様。

芸能事務所との契約は取りやめてください。

ユーチューバーもすぐ引退してください。

そうしないと、あなたのアンチが火種を投下します。

枕営業の証拠動画が、拡散されることになるでしょう。


「……枕営業の証拠？　その証拠がUSBに入ってたんですか？」

「まあ、そういうことだ」

「どんな証拠？」

「それは……だな」

警部が少し迷っているようだったので、「わたし、秘匿《ひとく》義務なら守ります。信じてください」と懇願《こんがん》する。

「もちろんだ。だけど、ショックを受けるかもしれないぞ」

「大丈夫です。だいぶ耐性もつきましたから。お願いします」

声に力をこめた。

「……わかった。これはコピー動画だ。調べたが合成したものではなかった。これが寧々さんの事実なんだ」

警部はPCを開き、動画を再生した。

どこかの繁華街。人工の光で彩《いろど》られた夜の風景。車のエンジン音や行き交う人々の話し声など、ノイジーな音で耳が支配される。

カメラの少し前に寧々らしき女性と、年配のスーツ姿の男性が歩いている。黒いワンピースを着た寧々は酔っているようで、男性の腕に右手をかけて、足をふらつかせている。誰かがスマホで撮影しているようだ。

ふたりはそのまま、ラブホテル街へと歩いていく。左右にどぎついホテルのネオンが映っている。

男が寧々の手を引く。その瞬間、はっきりと寧々の顔が見えた。

少し困っているような笑い顔。何か言ったようだが声は聞こえない。男の顔も見えたが、どこの誰なのかさっぱりわからない。

そして、寧々は男とラブホテルの中へ消え、動画が終了した。

「この男性って、もしかして……」

「寧々さんとの契約が進んでいた、芸能事務所の社長だ」

「そんな……」

頭が混乱を起こし、うまく思考が働かない。

警部が言った通り、カエデはかなりの衝撃《しょうげき》を受けていた。

素顔の寧々は勝気で大胆で、思慮深《しりょぶか》いとは言えない女の子だけど、夢に向かって真摯《しんし》に努力している人だと思っていた。

きっと、自分に正直なのだ。だから誤解されるようなこともしてしまう。ときには誰かを無自覚に傷つけてしまう。

だけど、メディアに堂々と顔を出して人を楽しませる寧々に、カエデは尊敬の念を抱いていた。「枕なんてしてない」と断言した彼女の言葉を、すんなりと信じていた。それなのに……。

「わたしたち、ネネリンに嘘つかれてたんですね」

声に力が入らない。

「まだそうと決まったわけじゃない」

「だけど、この動画が世に出ちゃったら、ネネリンは……」

　警部は何も答えない。きつく唇《くちびる》を結んでいる。

「これって、スマホで撮ったものですよね？」

「おそらく」

「一体、誰がこんなことを。ネネリンを尾行して、こんな瞬間を録画して、脅迫まで……。そういえば、アユさん言ってましたよね。『また次の炎上ネタが投下される』って。もしかして、これもアユさんの仕業？」

「いや、アユさんのアリバイは調べた。三日前から群馬の両親の元にいる。おととい の夜、勝谷家にポスト投函するのは不可能だ」

「協力者がいたんじゃないですか？　たとえば、ネネリンのほかの友だち。あとふたり、いたじゃないですか！」

「それはどうだろうな。とりあえず、この件は私の非公式捜査ということになっている。これから寧々さんに詳しく話を聞く。その話次第で、しかるべき部署に捜査させる。車を出してくれ」

　心なしか、警部の声音も沈んでいるように感じる。

「わかりました」

またしても起きてしまった寧々に関する事件。カエデは速度制限ぎりぎりまでアクセルを踏み、勝谷家のある経堂へと急いだ。

◈

「――そう。アユじゃなかったんだ」

ダイニングテーブルに着いた途端、寧々はアユのアリバイを確認した。

「じゃあ、あの子のほかにも、あたしを引きずり落としたいヤツがいるってことだね。アユが捕まったから、事務所と正式契約を進めようとしてたのに」

顔色が悪い。かなり憔悴《しょうすい》しているようだ。当然だろう。友人に裏切られてネットが炎上し、また新たな犯人に脅迫されているのだ。しかも、今度のネタは決定的。脅迫者の言う通りに芸能事務所との契約を諦《あきら》めないと、タレント人生が崩壊《ほうかい》してしまうかもしれない。

「寧々、お薬飲んで」

姉の由梨が薬を運んできた。相変わらずかなりの量の錠剤だった。

「いらない。もう、身体なんてどうなってもいい」

「そんなこと言わないで」

「いらないって言ってるでしょっ！」

薬が四方に飛んでいった。寧々が手で払ったからだ。

由梨は黙って薬をかき集めている。

「もう、何もかもがどうでもよくなっちゃった。まさか、あんな動画があったなんてね。格好《かっこう》の炎上ネタだよね」

寧々は大きくため息を吐き、天井《てんじょう》を仰いだ。

「今さら何言っても無駄《むだ》だろうけど、あたし、あの社長となんもしてないから。部屋でお酒飲んでカラオケ歌ってただけ。だってあの人、機能不全ってやつなんだもん。でも、言い訳にしか聞こえないよね。ご機嫌取って好待遇で契約したかったのは事実なんだから。犯人の正体も、もうどうでもいい。誰なのかわかったところで、また違う誰かがネタを出してくるかもしれない。……そこまでアンチに囲まれてるなんて、知らなかったよ。あたしって、世に出ちゃいけない人だったんだね……」

「そんなことない！」

大声を出してしまったのは、カエデだった。

「世に出ちゃいけない人なんて、いるわけがない。あなたにはすごい才能がある。かわいいし料理上手だし大食いだし、頭だってすごくいい。なによりもすごいのは、人を楽しませる才能。だから、羨む人がいて当然だと思う。実はわたしも大食いだけど、あなたのようなタレント性はないし、表に出る勇気もない。だからこそ、ネネリンを応援したい、頑張ってほしいって思ってる。だって、それは誰にでもできることじゃないから。あなたにアンチがいるのは事実だけど、それ以上にファンがいるんだよ。そのファンのためにも、このまま諦めないでほしいの」

かつて、警察官になることを諦めたカエデの胸に、悲しみがこみ上げてきた。理《り》不尽《ふじん》に未来への道を閉ざされてしまうことほど、悲しくて苦しいことはない。だから必死になってしまったのだろう。

「……ごめんなさい。勝手なこと言っちゃって」

「ううん、カエデさん、ありがとう。そう言ってもらえてうれしいよ」

寧々は、少女のようにあどけない表情をした。

これで少しでも前向きになってもらえたら……とカエデが思った瞬間、「だめよっ！」と姉の由梨が金切《かなき》り声をあげた。

その場の空気が凍りつく。

「絶対にだめ。もうユーチューブで爆食いするのはやめて。大食いタレントになんてなっちゃだめ。お願いだからもうやめて！」

「お姉ちゃん……」

茫然とする寧々に、由梨が語りかける。

「あんな脅迫状が届いたのよ。動画が拡散されたら大変なことになる。身内のわたしにだって火の粉がかかるかもしれない。もう潮時だと思って諦めて。誤解されるような行動をとった寧々が悪いのよ。身から出た錆《さび》。これ以上、恥を晒すのはやめてちょうだい」

「そんな言い方しなくても……」

つい口を挟んでしまったカエデの横で、警部が「ちょっといいですか」と穏やかに言った。

「まずは、脅迫者の正体について話したいのですが」

ふぇ？　とカエデは間の抜けた声を発してしまった。

「警部、犯人が誰だかわかったんですか？」

「それを確認するためにここに来たんだ」

固唾《かたず》を呑んだ一同の前で、警部ははっきりと言いきった。

「あの脅迫状を作ったのも、寧々さんを尾行《びこう》して動画を撮ったのも、由梨さん、あなたですよね？」

静まり返った室内で、由梨は沈黙したままでいる。寧々も目を見開いて姉を凝視している。カエデはまったく訳がわからず、警部の次の言葉を待っていた。

「証拠がない。もしかしたら、あなたはそう言いたいのかもしれません。でも、証拠はあったんです。あの尾行動画の中に」

「なんの証拠かしら？」

とぼけているのか、由梨は余裕の笑みすら浮かべている。

「あ、もしかして、店のガラスに尾行中の犯人が映ってるとか？」

カエデは意見を述べたが、「いや、そんなわかりやすいものじゃない」と警部が首を横に振る。

「だったら、何が映ってたんですか？」

再びカエデが訊くと、警部は「再生したほうが早い」とPCを取り出した。

「寧々さん、不愉快かもしれませんが、冒頭だけです。いいですか？」

無言で寧々が頷き、警部が尾行動画を再生する。

姉妹は食い入るように画面を見つめている。

「ここです」

動画の冒頭。ノイジーな街のざわめき。行き交う人々の先に、ネネリンと芸能事務所社長の後ろ姿。――それ以外、目につくものはない。

「……どこに証拠があるのよ？」と寧々が問いただす。

「これではわからないな。もう一度、ボリュームを上げて再生します。音をよく聞いていてください」

再び冒頭の動画。ボリュームがアップした街のざわめきの中に、ほんのかすかに音が混じっている。

「ジャラン」という音だ。

それを皆が認識した途端、由梨が自分のスマホを握りしめた。

スマホのケースにつけられたスワロフスキーのアクセサリーが、ジャランと音をたてる。

「そのアクセサリーが擦《す》れる音と、同じ音が入ってたんです。あなたは気づかなかったんですね。しょうがないですよ。特殊な機械でボリュームを上げないと、聞こえないくらい小さな音ですからね。アユさんのときもそうでしたが、証拠を残さない犯罪者なんて、ほとんどいないんです。ほんの僅かな綻《ほころ》びでも、見逃さない警官がいますからね。今日は、この音を確かめたかったんです。確認できてよかった」

由梨は口元を引き締めて、黙秘《もくひ》を決めこんでいる。

「あなたは、寧々さんが事務所関係の飲み会に参加すると知り、密《ひそ》かにあとをつけていた。疑っていたのでしょうね。妹さんの枕営業を。そして、証拠を動画に収めておいた。いつか使うときが来ると思っていたのかもしれません。そんな中、アユさんが成りすまし動画で炎上を仕かけた。まさかとは思いますが、由梨さんはアユさんの協力者じゃないですよね？　あの成りすまし動画の」

「そんなわけないじゃない」

低い声に怒りを滲《にじ》ませて、由梨が即答する。

「もちろん疑ってはいないですよ。アユさんが単独犯だったことは、取り調べでわかっています。でも、ホッとしたんじゃないですか？　自分が手を汚さずとも、寧々さんの活動に邪魔が入ったわけですからね。だが、アユさんはすぐ捕まって、寧々さんは事務所との契約を進めはじめた。それで仕方がなく、尾行動画で脅しをかけることにした」

「嘘よ！」と寧々が立ち上がった。

「お姉ちゃん、嘘だよね？　こんなこと絶対にしないよね？　ねえ、嘘だって言ってよ！　お姉ちゃんだけは、あたしの味方だったんじゃないのっ？」

涙混じりに妹が訴える。それでも、由梨は微動《びどう》だにしない。

「動機はいろいろあるのでしょう。私には図り知れませんが、この家に初めてお邪魔したとき、いくつかの発見があったんです。そこから推測できる動機もある。説明させてもらっていいですか？」

誰も返事をしないので、警部は続きを語り出した。

「最初に気になったのは、リフォーム仕立てだというこの家のキッチンが、左利き用になっていることでした。調理器具も左利き用のものが多い」

「あっ！」とカエデも気がついた。初めてキッチンを眺めたときの違和感についてだ。

ミキサーやフードプロセッサーの取っ手が、左側についている。ほかの調理器具も、すべて取っ手を左にして並んでいる。カエデも母も右利きなので、実家では取っ手を右側にして置く。このキッチンでは逆だったことが、漠然《ばくぜん》とした違和感の正体だったのだ。

「ここのキッチンに立つと、左側に流し台、真ん中に調理台、右側にコンロがある。左利きの人にとって作業がしやすい造りです。右利き用は、利き手の右側に流し台、左側にコンロとなるのが一般的ですね。リフォームでわざわざこの仕様《しよう》にしたということは、左利きの人が希望したとしか思えない」

左利き。そうだ、由梨は左利き。寧々は右利きだ。

それが何に関係しているのか、今ひとつ解《げ》せないまま、カエデは警部の話を聞いていた。

「それから、前回、こちらでいただいたガレット・デ・ロワ。大変美味でしたので、私は寧々さんにこう言いました。『このクリーム、アーモンドだけじゃないな。カカオも入ってますね』と。寧々さんは否定せずに微笑んでいた。覚えてますか？」

「……そう、だったかな」と寧々が弱々しく答える。

「そうだったんです。あのとき私は、わざとカマをかけたんですよ。成りすまし犯を絞りこむ前だったので、誰もが容疑者でしたからね。結果として、寧々さんの嘘が発覚した。あのパイの中にはカカオなど入ってなかったんですから。念のため、パイを持ち帰って鑑識課に調べてもらったのですが、案《あん》の定《じょう》、カカオの成分は検出されなかったそうです」

だから、パイをお土産にしたいと言い出したのか。警部を単なる食いしん坊だと思っていたカエデは、今すぐ謝りたい気持ちになった。

「リフォームした左利き用のキッチン。パイの中身を把握《はあく》していなかった寧々さん。そこから導《みちび》き出せることがあります」

ひと呼吸置いてから、警部が言った。

「このキッチンで、右利きの寧々さんは料理をしていない。しているのは左利きの由梨さんだ。ガレット・デ・ロワを作ったのも由梨さんですね。ネネリンのユーチューブ動画はここで撮影されている。動画のお菓子を作っているのは、お姉さんの由梨さんなんじゃないですか？」

寧々は肩をすくませている。一方の由梨は、堂々と胸を張って腕を組んでいる。姉妹とは対照的なポーズだ。

しかし、ふたりは肯定も否定もしない。

「おふたりについて、後輩に調べてもらいました。由梨さんのお仕事は教師だと聞きましたが、一般的な教員ではない。料理専門学校の教師をされているんですね。しかも、パティシエ科の教師だ。その情報で、すべてが符合《ふごう》したんです。由梨さんは寧々さんのゴーストなのでしょう。ゴーストライターならぬ、ゴーストパティシエだ」

だから、動画のお菓子作りの工程はあっさりとしていたのだ。寧々が本当に作っているわけじゃなかったから。

カエデは腑《ふ》に落ちた気がしていた。

「ゴーストパティシエ。そんな言葉、あるのかな？　ねえ、寧々？」

由梨がようやく口を開いた。

「そうだよ。お姉ちゃんが作ってる。あたしに協力してくれてるの。だからなんなのよ！　なんでお姉ちゃんがあたしを脅迫するのよっ」

声高《こわだか》に叫んだ寧々に、警部が言い含めるように語りかける。

「寧々さんは私にこうも言ったんです。『あなたにはユーチューバーの気持ちなんてわからないんだよ。企画、構成、メイク、スタイリング、出演、撮影、編集、全部あたしがひとりでやってるの』とね。でも、実際はあなたひとりではない。由梨さんとふたりでやっている。だからこそ、フォロワーを増やすことができた。お姉さんは、ネネリンというユーチューバー・ユニットの重要メンバーだ。違いますか?」

寧々は「そう……です」と、初めて敬語になった。

「それなのに、あなたはひとりでやっていると豪語《ごうご》していた。近くで聞いていた由梨さんの気持ち、考えたことがありますか?」

その瞬間、寧々はがっくりと肩を落とした。

「……それは、最初に決めたことだから。ネネリンは自分で作ったお菓子を大食いする、セルフプロデュースのユーチューバーにするって。……でも、あたし、お姉ちゃんを無意識に傷つけてたんだね。それで、あたしにブーメランが返ってきたんだ……」

そのとき、カエデはまた思い出した。由梨が妹を諭した言葉を。

(あなたが気づかないだけで、相手を傷つけるようなこと、言ってたのかもしれない。それがブーメランのように戻ってきて、今回のように自分が傷つけられることになった。その可能性だってあるのよ)

あれは、由梨自身の本音だったのかもしれない。

その由梨は、相変わらず腕を組んで黙りこんでいる。

「それだけじゃない。もっと切実な動機が、由梨さんにはあったような気がするんです。そう思った理由は、寧々さんに用意していた薬の種類です」

警部の声に、由梨がピクリと反応した。

「いろんな錠剤がありましたね。その中に、血糖値を下げる薬が混ざっていた。私には薬剤の知識も少しばかりあるんです。もしかしたらですが、寧々さんは大食いのせいで、身体に支障《ししょう》をきたしているんじゃないですか？」

すると由梨は警部に視線を向け、「そうです」と沈んだ声で答えた。

「……寧々は、境界線《きょうかいせん》糖尿病なんです。このまま大食いを続けていたら、悪化して取り返しのつかないことになってしまう。だから、もうやめてほしいって何度も言ってるのに、この子は聞く耳を持たない。もう少しでメジャーなタレントになれる。それまでの辛抱《しんぼう》だからって言い張るんです。挙句《あげく》の果てに、枕営業のようなこともやりはじめて……。だから、だからわたしは……」

そのまま由梨は、目を伏せてしまった。

涙目の寧々は口元を両手で押さえている。

「荒療治《あらりょうじ》に出た。それが、あの脅迫状とUSBだったんですね」

由梨は警部に向かって、小さく頷いた。

「警部さん、わたしの負けです。浅はかな計画ですけど、見知らぬアンチの仕業に仕立てるつもりでした。わたしを捕まえてください」

そう言って由梨は、ゆっくりと立ち上がった。

「やだっ、やだっ！　お姉ちゃん、やめて！　あたしを独りにしないで！」

寧々は両目から涙を流し、由梨にしがみつく。

「ふたりで成功して、みんなを見返してやろうって、実家を出るとき決めたじゃない！　あたし、お姉ちゃんを告訴なんてしないからっ」

「ごめん、寧々。脅迫罪は、相手が刑事告訴をしなくても逮捕されるみたいなの。あんな動画も用意しちゃったしね。罪は償《つぐな》わなきゃ」

「やだっ、やだよっ！　あたし、脅迫状なんてもらってない。お姉ちゃんに手紙で忠告されただけなんだ。だから被害者も加害者もいないんだよ。警部さん、お願い。お姉ちゃんを連れてかないで！　お願いだからぁぁ」

泣き喚《わめ》く寧々に向かって、警部は穏やかに言った。

「これは非公式の捜査です。私が寧々さんに頼まれて、個人的に調べただけ。まあ、職権乱用で部下を使ってしまいましたが、被害者のいない犯罪のために警察は動かないでしょう」

「え……？」

姉妹は同時に驚きの声をあげた。ふたりを改めて見ると、鼻筋と口元がよく似ている。

「ですから、今回は寧々さんが言った通り、脅迫ではなく忠告だったことにしてもいいですよ。アユさんのように、悪意で世間を騒がせたわけでもないですしね。寧々さんがお姉さんの忠告を聞き入れて、身体を治すことを優先するのなら、ですが」

寧々はこっくりと首を縦に振り、涙を拭《ぬぐ》った。

「では、預かっていた手紙とUSBはお返しします」

警部はカバンから封筒を取り出して、テーブルに置いた。

「……あの、警部さん、本当にいいんですか？」

由梨が不安そうに尋ねる。

「警察の仕事は、ただ犯罪者を逮捕するだけじゃないんです。罪に手を染めた者を反省させ、更生《こうせい》させることが一番の仕事だと私は思っている。それに……」

「それになんですか？　警部？」

カエデが身を乗り出すと、彼は少しだけ頬を緩めた。

「由梨さんの作るスイーツは絶品だ。私は、またあのガレット・デ・ロワが食べたいんです」

はあ？　そんな理由？　警部、どこまでグルメなんですか！

またしてもコントのようにコケそうになったカエデだが、警部はいたって真面目《まじめ》な表情で姉妹を見つめている。

「優秀なパティシエで妹思いの由梨さんは、もう二度と過《あやま》ちを犯さない。そして、寧々さんもお姉さんのアドバイスをちゃんと聞く。そう信じてもいいですよね？」

「はい。ありがとうございます」

由梨が深く頭を下げ、寧々もそれに続く。

その様子を見た警部は、メガネの奥の瞳をすっと細めた。

「今回、おふたりの経歴も調べさせてもらいました。あなた方は、幼い頃から支え合って生きてきたんですね」

「そうだよ。あたしとお姉ちゃんは一緒に生き延びたの。あの毒親の元で」

そして寧々は、自分たちの過去について話しはじめた。

水商売をしていた未婚の母親に、ネグレクト同然に育てられた姉妹。ふたりは絶えず違う男性を家に引きこむ母の虐待《ぎゃくたい》に耐え、脅《おび》えながら暮らしていたそうだ。

由梨が高校卒業後に老舗《しにせ》フランス菓子店に就職してから、ふたりは足立区《あだち》の実家を出てここで暮らしはじめた。寧々は、姉の稼ぎと自身のバイト代でパティシエ専門学校に入学。やがて、腕の立つ姉は料理専門学校の教師となり、妹は在学中にユーチューバー・デビューを果たしたという。

「……子どもの頃は、お小遣いなんてもらったことがなかった。ケーキなんて食べたことがなかった。ケーキ屋さんの前を通るたびに、キラキラしたお菓子を買ってもらえる子たちが、羨ましくて仕方なかった。だから、あたしは何かで成功して、好きなだけスイーツが食べられるようになりたかったの。あたしが爆食いできるのはスイーツだけ。甘いモノだけはいくらでも入る。ほとんど執念《しゅうねん》みたいなものかもね」

やや寂しそうに語った寧々。彼女が大食いユーチューバーとして努力し、必死で大手事務所と契約しようとしていた理由は、幼少期の飢餓感《きがかん》が関係しているようだった。

寧々の話を聞き終えた警部は、カバンから紙袋を取り出し、寧々に渡した。

「私からのプレゼントです。中を開けてみてください」

それはカエデが政恵から預かった、ファンシーな柄の紙袋だ。

「……これ、パンの耳のお菓子だ」

中を見た寧々が、懐《なつ》かしそうにつぶやく。

「ええ、パンの耳を揚《あ》げて、ほんの少しだけ砂糖をまぶしたものです。おふたりは幼い頃、つねに空腹感を抱えていた。見兼ねたパン屋のご主人が、切り落とした食パンの耳を分け与えていたそうですね。その耳で由梨さんが作っていたのがこのお菓子だったと、パン屋のご主人が証言してくれました」

スティック状の揚げ菓子。ただ同然で食べられた素朴な味。

事情を知ったカエデの脳裏に、ある光景が浮かび上がった。

母親が帰ってこない狭い家の片隅で、小さな肩を寄せ合い、揚げ菓子を頬張る幼い姉妹の姿だ。

お姉ちゃん、美味しいね。お姉ちゃんの作ったお菓子、最高だね。

寧々、もっと食べていいよ。またパン屋さんでもらってくるから。

——痩せ細った寧々と由梨の会話が、聞こえたような気がした。

（パンがないなら、お菓子を食べればいいんじゃない？）

マリー・アントワネットを彷彿《ほうふつ》とさせる、ユーチューバー・ネネリンの決めゼリフ。あのセリフには、親からパンなど食べさせてもらえず、他人から恵んでもらった耳で作った菓子を食べていた女の子の、切なる想いがこめられていたのかもしれない。

「――パンの耳の揚げ菓子。本当に懐かしい」と由梨もささやく。

「これがわたしたちにとって、一番のおやつでした。あの頃は本当に貧しくて、母親に家事も妹の世話もさせられて。家にも学校にも居場所がなくて……。でも、寧々がいたから耐えられたんです。ささやかな幸せを、ふたりで分け合って暮らしていた……」

どこか遠くに目をやった由梨が、しんみりと言った。

「人は皆、成功を望むものです。金銭面での豊かさ。他者に誇れる名声。でも、それはあくまでも手段であって、目的ではない。なんのために豊かになりたかったのか、もっと上に行きたかったのか、いつの間にか忘れてしまうんですよね。……今日は、出すぎた真似《まね》をしてすみません」

殊勝《しゅしょう》に言った警部に、寧々が「ううん、ありがとう」と白い歯を覗かせた。

「あたし、大食いはやめる。事務所にも入らない。いくらネネリンのファンが増えたって、友だちやお姉ちゃんがアンチになっちゃったら、全然意味がない。悲しいだけだもん。アユのこと、民事で追いこむのもやめる。……でも、ユーチューバーはやめない」

「寧々」と口を挟んだ姉に、彼女は白い歯を見せた。

「ちゃんと身体を治してから、もう一度やり直す。次は正統派のパティシエとして勝負する。……お姉ちゃん、協力してくれる？」

「わかった。一からやり直そうね」

そして姉妹は、すっきりとした顔で微笑み合った。

◈

帰りの車中で、カエデは後部座席のグルメ警部に話しかけていた。

「脅迫者の正体が由梨さんだって、警部はわかってたんですね。お菓子を作ってたのがネネリンじゃないことにも気づいてた。それで、姉妹が仲違《なかたが》いをしたときのために、思い出のお菓子を用意しておいたんですね。パンの耳の揚げ菓子。さすがですねえ。あの揚げ菓子、政恵さんが作ったんですか？」

「ああ、無理を聞いてくれた。感謝してるよ」

「やっぱり。政恵さんってお料理が上手なんでしょうね。警部が夕飯を食べてくれないって、いつもボヤいてるし」

「家だと息が詰まるからな」

「息が詰まる……？」

「いや、なんでもない」

警部はそれ以上何も言わずに、窓の外を眺めている。

やっぱり、警部の家族は冷えた関係なのだと、カエデは確信した。

「カエデ、これから警視庁に戻るけど、午後六時には迎えに来てほしい」

「わかりました」

「そのあと、小林から誘われてるんだ。どうしても焼肉に行きたいらしい。カエデも一緒に来るか？」

「行ってもいいんですか？」

「もちろん。だけど、食べすぎには注意しないとな」

「ですね……。わたしも献血に行って、血液検査してみます。これから」

「それは有効な時間の使い方だ」

グルメ警部は小さく笑った。

そのあとカエデは、人生初の献血を体験した。

グルメ警部や小林が言った通り、献血ルームは最高の癒《いや》しスポットだった。

待ち時間中、棚に並んだ人気漫画の文庫を読み、食べ放題のお菓子をつまんで種類豊富なドリンクを飲む。すべてが血液提供者用のサービスだ。

最後にカエデはアイスクリームをペロリと食べながら、自分の血液が誰かのためになることを願った。

そして献血後、グルメ警部と小林巡査部長と共に、高級焼肉店を訪れたのだが――。

思いも寄らぬ事件が、カエデたちを待ち受けていた。

# 4

# グルメ警部の悲哀なる秘密

「献血のあとの焼肉、最高だろ？　特にレバー」

小林がホクホクの笑顔を向ける。

「そうですね。なんか血が新陳代謝《しんちんたいしゃ》してるみたい」

低温調理で生《なま》に近い味わいになっているレバーを、さっと炙《あぶ》ってニンニク入りの胡麻油《ごまあぶら》で食す。

ああ、美味《おい》しい……。

「カエデ、幸せそうな顔だな」

グルメ警部はマッコリの入った器を傾けている。

「わたし、美味しいって感じてるときが一番幸せかもしれません」

「それは心身共に健康な証拠だよ。肉、もっと追加しよっか？」

「小林さんが一緒に食べてくれるなら」

「オレはまだイケそう。先輩は？」

「肉はもういい。冷麺《れいめん》を頼みたい」

「了解す。すみませーん」

店員を呼び止めた小林は、カルビとハラミ、冷麺を追加した。

カエデは素早く化粧室に入り、その場で軽くジャンプをする。もちろん、胃を動かして肉を入れるスペースを空けるためだ。

「よっしゃ、まだまだイケる！」

手を洗いながら気合《きあい》を入れ、席に戻ろうとしたら、肉を焼いている小林とグルメ警部の会話が聞こえてきた。

「先輩、最近オレ、何《なに》げに張られてる気がするんです」

「張られてる？　誰にだ？」

「半グレ集団のメンバー。オレがしょっ引いたヤツ。先輩も知ってますよね、シャブのプッシャー（売人《ばいにん》）だった角谷《すみや》」

「ああ。私も張り込みに付き合ったからな。取引現場だったクラブの向かい側が、行きつけの中華料理店だったから」

「そうそう。先輩から店主にお願いしてもらったんですよね。張り込み場として使わせてほしいって。先輩はオレたちが張ってるあいだ、離れた席でフカヒレの煮込みを食べてましたけど」

「小林、それは違うぞ。フカヒレではなくアワビの煮込みだ」

「アワビ……」

「あのときは店主に無理を言って頼んだんだ。アワビくらい食べないと悪いじゃないか。私はもう勤務時間外だったんだし」

「本当はオレも食べたかった……って、それはいいから本題に戻りますよ。半月ほど前に角谷が出所したんですけど、そいつと似た男がうろついてんの、何度も見かけるんすよ」

「聞き捨てならないな。小林を警護《けいご》させないと」

「いや、まだカン違いかもしれないんで。ま、逆恨《さかうら》みは慣れてるし、なんかしてきたらまたブチこんでやりますよ。……おお、カエデちゃん」

「小林さん、お肉焼けました？」と、カエデは何も聞かなかった振りをして席に着いた。目の前の警部も何事もなかったかのようにマッコリを飲み、その隣りにいる小林は、焼肉をトングで取り皿に載せている。

「ナイスタイミング。ばっちりだから早く食べな。あ、ハラミはニンニク醤油《じょうゆ》がオススメらしいよ」

「ありがとうございます！」

絶妙な焼き加減のハラミを頬張り、あふれ出る肉汁を堪能《たんのう》しながらも、カエデは先ほどの小林の話が気になっていた。

逆恨みで警察官に復讐《ふくしゅう》する者がいる。そんなこともあり得るから、防犯としての意味も含めて現場の刑事はバディで動くのだ。

出所した半グレのメンバーに狙われているかもしれない小林。そしてグルメ警部も、得体《えたい》の知れない女性につけられているかもしれない……。

だからといって何もできない無力な自分が、無性《むしょう》に腹立たしかった。

「どうしたカエデ。箸《はし》が止まってるぞ」

グルメ警部に指摘《してき》され、急いでハラミを頬張る。

「ここのお肉、ホント美味しいですね」

「当然だ。私が確保した店だからな」

冷麺に酢を入れながら、警部がドヤ顔をする。

「ただ、ホント申し訳ないんですけど、わたし、もうギブアップかも……」

実は、食欲が失せてしまっていた。

「マジかよ！　先輩は？」

「見ればわかるだろう。締《し》めの冷麺を食べてるんだから」

「まだカルビがひと皿あるのに。しゃーない、オレが責任取るか」

小林がマッハで焼肉を平らげ、警部が支払いのカードを店員に渡す。

「先輩、今夜はオレも出しますから」

「あ、わたしも！」

「出世払いでいい。倍返しにしてもらう」

「了解です。必ず倍返しします！　いや、千倍で！」

「じゃあ、わたしも。ごちそうさまでした」

いつもながら気前のいい警部に、小林とカエデは手を合わせて頭を下げる。

あれ……？　また視線を感じる……。

カエデはあわてて周囲を見回したのだが、気になる人物は皆無だ。

さっきの話で過敏《かびん》になってるのかな。

そう思うことにしたカエデは、店員からもらったガムを口に放りこんだ。

◈

店の外に出て、三人は駐車場に向かった。

「小林さんもお送りしますよ」

カエデが申し出たが、小林は首を横に振る。

「オレはここで見送らせてもらうよ」

「ご自宅まで行きます。池袋のほうでしたよね？」

「いいよ。逆方向だから。それにガッツリ食っちゃったから、電車の途中で降りてふた駅くらい歩きたいんだよね」

「いい心がけだな、小林。でも夜歩きは気をつけないと」

「大丈夫ですよ。じゃ、お疲れさまでしたー」

軽快に答えた小林に会釈《えしゃく》をし、カエデは警部と共にミニクーパーに乗りこんだ。

「そうだ、警部。政恵《まさえ》さんのお茶、ちゃんと飲みました？」

「飲んだよ。このボトル、カエデに返しておいてもらおうかな。最近、政恵さんに返し忘れることが多いから」

「了解です」

カエデはお守りのついたステンレスボトルを、自分のバッグに入れた。中が空《から》にしては少し重みがある。全部飲み干したのではなく、残しているのかもしれない。もしそうだったら、自分が中身を捨てて返したほうがいいだろう。政恵が傷つかないように。

「では、ご自宅に向かいますね」

「あ、ちょっと待っててくれ。小林にも返すものがあった。あいつから借りてた折りたたみ傘《がさ》」

グルメ警部は傘を手に車から出て、駐車場の入り口にいた小林の元に駆け寄った。ふたりで何やら話している。

小林に傘を渡し、じゃあ、と片手を上げた警部がこちらを向いたその刹那《せつな》、近くでバイクの爆音が響いた。

赤い単車に乗ったヘルメットの人物が、警部と小林に突進していく。

「危ない！」

カエデは思わず車から降り、ふたりのほうへ走った。

「カエデ、こっちに来るな！」

警部が叫び、カエデの足が固まる。

「なんだこのヤロー！」

身軽にバイクを交わした小林が、つなぎ姿のメット野郎を追いかける。すると、メット野郎はバイクを停めて素早く降り、小林に突進してきた。革手袋の右手で光るものを握《にぎ》っている。

小型ナイフだ！

カエデは警部の命令でその場から動けない。本当は柔道の技をかけてやりたいのに。

「そんなモン振り回したら危ないだろうーが」

小林はメット野郎のナイフを持つ手を捻《ひね》ろうとしていた。グルメ警部もメット野郎を取り押さえようとする。

――ほんの数秒なのに、かなりの時間が経《た》った感覚がした。

気づけば、犯人が小林の「確保！」の声と共に地面に押さえつけられていた。犯人のメットが小林の手で脱がされる。

「あぁっ」とカエデが声をあげた。

なんと、メット野郎は長髪の女だったのだ！

これまで警部をつけていたのは、この女だったのか？

女が長い黒髪を振り乱し、「チキショー」と叫んだ。

その瞬間、カエデも大きく叫んでしまった。

「長尾《ながお》さん⁉」

髪の長さで女かと思ったのだが、それはカエデの早とちりだった。

目の前で小林に押さえつけられているのは、大食いステーキ店の古株スタッフで、コーンの細工をした長尾だ。髪を縛《しば》っていないため、遠目《とおめ》にはわからなかったのだ。

「お前、ステーキ店の長尾だな？　オレと先輩を狙ったのかっ？」

「うるせえ！　オマエらのせいだ！　オマエらが余計なことをするから全部台無しになったんだ！」

「余計なこと？」

するとと長尾は小林に吠《ほ》えた。

「コーンのことだよ！　オーナーにバレてクビになったんだよ！　本当はサービスしてやろうとしてたのに、カエデさんの分までカネ払いやがって。しかも証拠のコーンまで拾いやがって！」

何を言っているのか、カエデにはいまいち理解できない。

「要するに、自分でカエデちゃんの大食いチャレンジを阻止《そし》したくせに、わざと許して甘い言葉をかけようとしてたんだな。アホか！」

そういえば、会計前に長尾は自分に何かを言おうとしていた。「今回はいいですよ、サービスしちゃいます」とでも言うつもりだったのか？

「小林、本部には連絡した。ここで待機だ」

警部が冷静に告げた。のだが、いきなり腰を押さえて倒れこんだ。

「警部！」

カエデが駆け寄ると、腰の辺《あた》りが濡《ぬ》れていた。

ナイフが深々と突き刺さっている！

「きゃあぁっ、警部、血が！」

「……大したこと……ない……」

その言葉とは裏腹に、警部の顔面は蒼白《そうはく》だ。

「長尾、先輩を刺しやがったな！」

「し、知らねえよ、たまたま刺さっちゃったんだよ！」

「絶対に許さねえ！　それより救急車だ！」と叫んだ小林が、「いや、近くに救急指定病院がある！」とカエデを見た。

「わたしが連れていきます！　警部、車をここに着けますから」

「……ああ」

弱々しい警部の声を聞き、急いで車を移動させた。

肩で警部を支え、後部座席に横たえる。

「カエデちゃん、ナイフには触るなよ。あと、絶対抜かないように。抜くと出血するから！」

「はい！」

長尾を押さえつけ、後ろ手に手錠をかけた小林が、スマホを操作しはじめた。病院にかけているようだ。

「……いま警察官が刺されて……はい、車ですぐ向かいます。輸血の準備をしてください！　久留米《くるめ》さんはＡＢ型のＲｈマイナスなんです！」

小林の声を窓越しに聞きながら、カエデは急いで車を発進させた。

幸いなことに救急指定病院までの道は空《す》いており、信号で止まることもあまりなかった。急ぎつつも警部に振動を与えないように、極力慎重に運転せねばならない。

――彼はＡＢ型のＲｈマイナスなんです！

ふいに小林の言葉が蘇《よみがえ》った。

ＡＢ型のＲｈマイナス。それがどのくらい希少《きしょう》な血液型なのか、カエデもある程度の知識はあった。献血ルームの冊子で読んだばかりだからだ。

たしか、日本人の大半がＲｈプラスで、Ｒｈマイナスは二百人に一人。そして、ただでさえO、Ａ、Ｂ型に比べて少ないＡＢ型のＲｈマイナスだと、二千人に一人ほどの確率だったと記憶している。しかも、ＲｈマイナスはＲｈプラスに輸血できるのに対し、プラスはマイナスには輸血できないのである。

ちなみに、カエデはO型のＲｈプラス。警部の輸血にはまったく役に立たない。

「カエデ……」

「警部、しゃべらないで」

「……すまん、シートが汚れた。弁償《べんしょう》する」

「そんなことはいいんです。動かないでじっとしてて。もうすぐ着きます。頑張ってください！」

「ああ……」

声に力がない。早く病院へ行かないと！

――輸血の準備。

小林はそう言っていた。そうか、だから警部は献血に通っていたんだ。

希少なＡＢ型のＲｈマイナス。その稀《まれ》な血が必要な人々のために、コツコツと献血を繰り返していたのだ。

神様、お願い！　わたしの雇い主を助けて！

心の中で強く祈りながら、カエデは病院を目指したのだった。

到着した病院では、すでに看護師たちがストレッチャーの準備をして待機《たいき》していた。

「警視庁の久留米さんですね。私の声が聴こえますか？」

ストレッチャーに乗せられ、身体にシーツをかけられた警部が、看護師に向かって小さく首を動かす。

「手術室に運びます」

キビキビと動く中年の看護師に、カエデは追走しながら問いかけた。

「あの、警部はAB型のRhマイナスなんです。輸血、大丈夫でしょうか？」

「今、血液センターから取り寄せてます」

「え？　取り寄せ？　そんな……」

取り寄せが間に合わなかったらどうなるのか、問いかけようとしたとき、後ろから駆け寄ってくる靴音がした。

「お願いします！」

見知らぬ細身の女性が叫んだ。長い髪を振り乱している。

「この人に私の血を使ってください！」

あっ、サングラスの人！

心中でカエデが叫んだのと同時に、彼女は看護師にすがりついて声を張りあげた。

「私も、私もAB型のRhマイナスなんです！」

彼女こそ、バーやレストランで遭遇《そうぐう》した長髪の女性。

いつもサングラスをしていた、カエデが警部のストーカーかもしれないと疑った人だった。

◈

手術中を示す赤い表示灯を眺めながら、カエデは長椅子に座って赤が消えるのを待ち続けていた。

すると、初老の女性が息せき切って駆けつけてきた。

「カエデさん！　斗真《とうま》さんの具合は？」

「政恵さん！」

独りきりでいたカエデは、家政婦の政恵が来てくれたため、少しだけ肩の力が抜けた。

「腰を刺されたんですって？　重体なの？」

「それが、すぐ手術室に入っちゃったから、よくわからなくて……」

「ちょっとお医者様に聞いてくるわ！」

政恵は手術室に向かっていく。その後ろ姿を見ながら、カエデはしみじみと思った。

よかった。こんなに早く政恵さんが来てくれて。わたし独りだと気分が重くなりすぎるから。

……ん？　ちょっと待って。

来るのが早すぎる。警部をここに運んでから、まだ十五分くらいしか経ってない。一体いつ、誰から警部の事件を聞いたのだろう？　それに……。

ふとあることを思い出したカエデは、手術室に入れず立ち尽くしている政恵に近寄った。

「政恵さん、ちょっと車に取りに行きたいものがあるんです。少しだけ席を外しますね」

小さく頷《うなず》いた政恵から離れ、カエデは病院の駐車場に向かった。

ミニクーパーからあるものを取り出し、中身を確認してから、カエデは病院内に戻った。政恵は手術室近くの長椅子に座っている。

「……斗真さん、大丈夫かしら」

コーヒーの紙コップを手にした政恵が、不安そうにつぶやく。

何も答えられないまま、カエデは政恵の隣りに腰を下ろした。

「いつか、こんなことが起きるような気がしてたのよ。だから旦那《だんな》様も、危険な現場捜査には行かせないようにしておきたかったんでしょうに」

「警部が希少な血液の持ち主だったから、ですか？」

「そう。輸血が必要になる事態を避けたかったんだと思うわ」

そういえば、車の運転も家族から止められていると警部は言っていた。事故の危険があるものから、なるべく遠ざけておきたかったのだろう。

きっと、警部の父親である警察庁長官は、カエデの身元を調べたはずだ。その結果、カエデは人を乗せて運転する資格・第二種免許を持っていた。しかも、無事故無違反のゴールド免許で、母親は警察官。無謀《むぼう》な運転はしないはずだと判断され、専属運転手としての採用を許されたのかもしれない。

「ところで政恵さん」

「なに？」

「政恵さんは、どなたから警部が刺されたことを聞いたんですか？」

「……え？」

キョトンとした政恵に、カエデは質問を続ける。

「わたし、動揺しちゃってどこにも連絡できないままだったんです。そしたら、政恵さんがすぐやってきた。すごく安心したんですけど、誰から聞いたのかなと思って」

「そ、それは旦那様から……」

「長官は今、海外出張中ですよね。お母様の絹子さんも。警察から連絡を受けた長官が、海外から政恵さんに知らせたんですか？」

「そう、そうよ。旦那様がご心配されてたから……」

嘘をついていると、顔にわかりやすく書いてある。

「じゃあ、警部に血を分けようとした長髪の女性は誰なんですか？」

「女性……？」

政恵が息を呑みこんだ。

「警部が病院に到着したのとほぼ同時に、女性が駆け寄ってきたんです。歳は……四十代後半くらいだったかな。自分の血を使ってほしいって」

「それで？　その女性はどこに？　もしかして、斗真さんに輸血されてるの？」

身を乗り出した政恵に、カエデは首を横に振ってみせた。

「輸血用の血はセンターからすぐ届くから大丈夫だって、看護師さんに言われて。しばらく茫然《ぼうぜん》としてましたけど、わたしと目が合った途端《とたん》に病院から出てっちゃいました」

「……そう」

それきっり、政恵は口を閉じてしまった。

しかし、このときカエデは、政恵に関してある推測《すいそく》をたてていた。どうしても確認しておきたいことがある。

バッグの中から、警部から預かったステンレスボトルを取り出す。無病息災《むびょうそくさい》のお守りがついたボトルだ。

「これ、いつも政恵さんから預かるボトルです。警部がバッグに入れて、特製のお茶を飲んでますよね」

「……それがどうかしたの？」

政恵が不安そうに言う。ますます自分の推測に自信が湧《わ》いてきた。

「さっき車に取りに行って中身を確認したんですけど、空っぽでした。でも、やけに重みを感じるんですよ。で、思ったんです。重いのはボトルじゃなくて、このお守りのせいじゃないかって。触ってみたら、普通のお守りより重量がありました」

無病息災と金糸で刺繍《ししゅう》がしてある、巾着《きんちゃく》のようなお守り袋。政恵の視線がお守りに吸いつく。

「たとえば、ですよ。このお守りの中にGPS機能の装置が入っていたとしたら？　今はこの中に入るくらい極小のデバイスがありますからね。それに盗聴器も入っていたら完璧《かんぺき》です。そうだったとしたら、政恵さんは警部がどこにいるのか、把握《はあく》できることになります。だから、今夜もこの病院に速攻で来ることができた」

政恵は黙ったままだ。正解だったのだろう。

「わたし、妄想癖《もうそうへき》があるんです。もう少しだけ話をさせてくださいね」

ひと息ついてから、カエデは言った。

「政恵さんはいつも、警部がどこで外食しているのか気にしてましたよね。栄養が偏《かたよ》るからって。それは嘘じゃないと思います。でも、もうひとつ、どこで警部が食事をするのか、知りたい理由があったんじゃないですか？」

「もうひとつの理由？」

「ええ。あの髪の長い女性に、警部の居場所を伝えるため。だからあの女性は、警部がいたお店に何度か現れた。政恵さんが教えていたからです。もしかしたら、今夜も警部の近くにいたのかもしれない。彼が刺されたのを見て、わたしの車をつけてきた。そうじゃなきゃ、あんなに早くここに来られるわけがないですから。違いますか?」

何も答えない政恵に、再び語りかける。

「わたし、初めはあの女性のこと、警部のストーカーかと思ってました。でも、さっきの発言でわかったんです。彼女はこう言いました。『この人に私の血を使ってください。私もAB型のRhマイナスなんです』って。それこそ必死の形相で。よほど警部に近い人じゃないと、そんなことは言わないですよね。それに……」

「それになに? カエデさんの妄想、面白《おもしろ》いわ。気が休まるから聞かせて」

政恵は余裕を見せはじめた。一気に話してしまおう。

「警部自身も、それを知っていたんだと思うんです。政恵さんがあの女性に自分の居場所を教えていたこと。だって、わたしが『ストーカーがいるんじゃないか』って警部に訊《き》いたとき、『気にしないでいい』って確信してたようでしたから。あと、あれほど切れ者の警部が、このお守りが不自然に重いことに気づかないわけないですからね」

「なるほど。理《り》に適《かな》ってる妄想だわね」

彼女は、本当に感心しているようだった。

「妄想の結論を言います。あの女性は警部と血の繋がりがある人。警部は貧血気味だし希少な血液の持ち主だから、怪我《けが》などしないように心配していた。だから、時間のある限り警部の様子を密《ひそ》かに見守っていた。政恵さんに協力してもらって。そう考えるとすべての辻褄《つじつま》が合うんです」

カエデは真摯《しんし》な態度で政恵の顔を覗《のぞ》きこんだ。

「わたし、警部を守りたいって真剣に思ってます。警察官になりたかったのに身長制限で諦《あきら》めたわたしを、わざわざ雇ってくれたんです。非公式の捜査に同行させてくれたのも、わたしの諦めた夢を叶《かな》えようとしてくれたんだと思うんです。だから、本当のことを教えてくれませんか？　そしたら、もっと皆さんのお役に立てるかもしれない。秘匿《ひとく》義務は必ず厳守《げんしゅ》しますから」

――しばらくのあいだ、政恵は沈黙していた。

やがて、ホウと息を吐《つ》いてから、ゆっくりと口を開いた。

「実はね、あたしにも妄想癖があるの。だから、これは妄想で作った話。そう思って聞いてちょうだい」

カエデは黙って頷いた。

「あるところに、政略結婚をしたご夫婦がいたの。旦那様はとある大組織のエリート。奥様は代々続く企業の経営者。お忙しいおふたりのあいだには、お子様が生まれなかった。ビジネスのために結婚したようなものだったから。

でもね、男の子が生まれたのよ。旦那様と奥様が長期の海外旅行中に。

家を守ってた家政婦は、おふたりが赤ちゃん連れで帰ってきたもんだから、びっくりしちゃったわよ。

実はね、おふたりは海外で代理母を斡旋《あっせん》してもらってたの。旦那様はどうしても跡取りが欲しかったんでしょうね。だから、妊娠しにくい体質だった奥様の代わりに、優秀だけどお金に困ってた若い女性を代理母に選んだ。アメリカ人と日本人のハーフだったわ。採取した旦那様の精子を、彼女の子宮に注入する方法で出産してもらったみたい。

つまりね、その男の子は旦那様と代理母の血を引く子なんだけど、法的には旦那様と奥様の子になってたのよ。すごいわよね。お金と権力さえあれば、家族だって買えちゃう裏の世界って、本当にあるのよねえ……」

そこで政恵は、少しだけ憂鬱《ゆううつ》そうに肩をすくめた。

カエデは妄想と称した政恵の打ち明け話に、耳を集中させていた。

「旦那様たちが帰国すると同時に、男の子には住みこみの乳母《うば》をあてがわれたの。母乳を男の子にあげられる乳母。要するに代理母だった女性よ。彼女、男の子が中学生になるまで、乳母として働きたいって懇願《こんがん》したらしいわ。

お忙しかった奥様は、一切育児をされなかった。代わりにその乳母が、男の子を可愛《かわい》がっていた。名乗れない実母なんだから当然よね。

当然だけど、乳母は男の子の実母であることを、絶対に言ってはならなかった。そういう契約を交わして、旦那様から大金をもらっていたの。だから、男の子も彼女を乳母として慕《した》ってたわ。……ところがね。

男の子が八歳くらいの頃、乳母は契約を破ってしまったの。実の母であると男の子に告げて、その家から連れ去ろうとしたのよ。きっとふたりだけで暮らしたくなったんでしょうね。その頃のご家庭は冷えきっていて、あまりにも息苦しい環境だったから。

でも、男の子はすぐに連れ戻された。そして、女性は追い出された。

誘拐《ゆうかい》事件になりかけたけど、旦那様はそれを隠蔽《いんぺい》された。代わりに、乳母で代理母だった女性と、もう一度契約書を交わしたの。男の子の目の前でね。

『今後一切、男の子に近づいてはならない、もし故意《こい》に接触したら悪質なストーカーとして逮捕する。莫大な違約金も支払ってもらう』って。

……それ以来、乳母だった女性は姿を消した。明るくて元気だった男の子は、無口で陰のある子になってしまった。でも、持ち前の聡明《そうめい》さで大学に入って……今は立派なお仕事をされているわ」


そう言って政恵は、手にしていた紙コップの冷めたコーヒーを飲んだ。

カエデは両手を握りしめて、次の言葉を待った。


「一年くらい前かしらね。その家の家政婦が、乳母だった女性と買い物中に偶然出会ったの。懐《なつ》かしかったわ。最後に見てから二十年以上経ってたけど、彼女、昔とあまり変わってなかった。今も独身で、ブティック経営をされてるみたい。

ふたりでお茶をしに行ったら、男の子のことを散々訊かれたわ。お仕事や健康状態、どんな趣味があるのか、結婚はまだなのか。……どんな容姿になっているのか。いろいろと話してたら、彼女、泣き出しちゃってね。

あの子は希少な血液型だから、ずっと心配だった。ひと目だけでも会いたいけど、それは許されない。若気《わかげ》の至りで代理母を引き受けてしまったけど、今は後悔《こうかい》してる。産後に子宮を患《わずら》ってしまったから、もう二度と子どもは産めない。あの子だけが我が子なのに……って、悲しそうに泣くのよ」

話している政恵も瞳を潤《うる》ませている。

久留米家に三十年以上仕えるこの女性は、とても情に深い人なのだ。

「それでね、家政婦は方法を考えたの。乳母だった女性が実の息子さんを、接触せずに見守れる方法。ボトルにつけたお守りにGPSと盗聴器を入れて、息子さんの夕食時にだけチェックするの。彼がどこかのお店に入ったら、家政婦が女性にその店を教える。女性は遠くの席に座って、そこから息子さんを見る。声は絶対にかけない。それなら契約違反にはならないでしょ。

息子さんだって、とっくに気づいてると思うわ。だって、その日に自分が行く店を、わざと家政婦に教えることもあるんだから。しかも、以前はお独りでグルメを楽しんでいたのに、最近は運転手を連れて食事に行くのよ。

独りでいたら、乳母だった女性に話しかけたくなっちゃうからね。だから彼は、いつも誰かと食事をしてるんだって、あたしは思ってる。

今夜だって、彼女は息子さんのそばにいたはずよ。家政婦が教えたからね。それで一部始終を見てたから、病院までついてこれたのよ。まだこの近くにいると思うわ。ひと目に触れないようにしながら、手術の結果を気にしてる。確認しないで帰れるわけないわよ。実の息子なんだから。

――さあ、あたしの妄想話はこれでおしまい。全部作り話なんだから、誰にも言っちゃ駄目《だめ》よ」

「わかりました」とカエデは力強く答え、深々と頭を下げた。

政恵は空の紙コップをゴミ箱に捨てて、手術中の赤い表示灯に目を移す。

「……遅いわねえ。斗真さん、大丈夫かしら」

もう何度目なのかわからないつぶやきをする。

カエデも赤い灯《あか》りを見ながら、グルメ警部に想いを馳《は》せた。

冷えきっているように見えた久留米家。何を考えているのかよくわからない、おそらく老獪《ろうかい》な父親。経営と上流階級の人間にしか興味がなさそうな、血の繋がらない母親。そんな家族と、どんな気持ちでこれまで暮らしていたのだろうか……。

(家だと息が詰まる)

警部が漏《も》らしたひと言が、すべてを物語っている。

それでも、彼は楽しみを見つけたのだ。

美食という趣味。食に関する事件の非公式捜査。鑑賞用のアストンマーティン。

そして、時々店に現れる、実の母親のあたたかい視線——。

これからもわたしは、何も知らない振りをしよう。

あのロングヘアの女性がどこかに現れても、無表情を決めこもう。

だから……。


グルメ警部、お願いだから無事に戻って来て！


カエデは両手を合わせ、政恵と長椅子に並んで祈り続けた。

——永遠とも思えるくらい、ゆっくりと時間が流れていく。警察関係者も何人か駆けつけてきた。

「斗真さん、大丈夫かしら」

また政恵がつぶやいた。

カエデが表示灯を見ると、ふいに赤が消えた。

手術室から出てきた外科医が、「大動脈の破損《はそん》が心配でしたが、手術は成功しました。しばらく入院してもらいますけどね」と言った途端、疲れきっていたカエデの意識は、すーっと遠のいていった。

◈

それからひと月以上が経ったある日の夜。

カエデは傷が癒《い》えて退院したグルメ警部と、小林巡査部長と共に、三軒茶屋《さんげんぢゃや》にある創作料理がウリのビストロに来ていた。

小さなビルの最上階にある、看板のない店。中は広々として、窓の外に夜景が広がっている。警部が懇意《こんい》にしている店らしい。

「いいか、ここは前菜にカリフラワーのムースを頼むんだ。冷たいムースとコンソメのジュレとの組み合わせが絶妙なんだよ。トッピングはイクラ、カニ、ホタテの中から選ぶ。何がいい？」

トムフォードのメガネを光らせて、警部がカエデたちを見る。

「うわー、迷うなあ。でも、オレはカニかな」

「じゃあ、わたしはイクラ」

「よし。じゃあ私がホタテだな」

「ってか先輩、わざわざ別々にしなくてもいいんじゃないすか？」

「いや、こういうときは三種類とも頼むのがいいんだよ。インスタ映えするしな。私は料理写真など撮らない主義だが、小林は撮りたいんじゃないか？」

「まあ、そうっすね」

小林はすでにスマホを準備している。

「それから、シラスと海葡萄《ぶどう》のシーザーサラダ。三種キノコのアヒージョ・メルバトースト添え。鮮魚のレアカツレツ・特製タルタルソース。イベリコ豚の香草《こうそう》グリル。ブルーチーズ入りのマッシュポテト。あとは……」

「先輩、いきなり飛ばしすぎじゃないすか？　久々の外食みたいだし、快気《かいき》祝いだからお任せしますけど」

「そうだ、生ウニ入りスペシャルオムレツ。ふた皿目の前菜はこれだよ。私がここで考案した裏メニューだ」

満足そうに警部がメニューを閉じ、馴染《なじ》みらしき店員にオーダーをする。

やがて、並々と満たされたシャンパングラスが三つ運ばれてきた。カエデの分だけはノンアルコールだが、見た目はシャンパンそのものだ。

同時に三種類のカリフラワーのムースもテーブルに置かれる。すかさず小林が写真を撮った。

「さあ、今夜は飲んで食べよう。乾杯《かんぱい》だ」

いつもよりテンション高めで、警部が音頭《おんど》を取る。

「退院、おめでとうございます」とカエデと小林の声が重なった。

三つのグラスを掲げてから、男ふたりは繊細《せんさい》な泡が湧きたつ液体をグイッと飲む。

「わわ、うまい！」と小林が相好《そうごう》を崩す。

「だろ？　スペインのスパークリングワイン、カヴァだ。リーズナブルだがクオリティが高い」

「ふわー、イクラトッピングのムースも最高です！」

カエデも前菜が美味《おい》しすぎて、思わず笑みをこぼす。

「そうだ。あの長尾って野郎、起訴《きそ》してやりましたよ。アイツ、カエデちゃんに執着《しゅうちゃく》してたみたいですね。大食いチャレンジを失敗させたのは、そのあとに許すことで恩を売りたかった。ってか、自分に好意を持ってほしかったんでしょう」

いきなり小林が報告を始めたので、カエデはうつむいてしまった。

「だけど、先輩が助け舟を出してお金を払った。長尾の小細工まで見抜いて、証拠のコーンも採取してみせた。出る幕のなくなった長尾は、警部とオレを逆恨みしたんですよ。で、コーンの小細工や態度の悪さが原因で店をクビになって、やけくそになってたときにオレらを見かけたようなんです。凶器はステーキ用のナイフでした。リュックの中にナイフやフォーク、店の備品が詰まってましたよ。持ち出してあったものを売ろうとしてたようです」

「追い詰められた人間は何でもやるんだよ。人も動物だからな」

さらりと警部が言った。

「警部がわたしを助けてくれたせいなんです。本当にすみませんでした」

もう何度目になるか数えきれないが、カエデは心からの詫《わ》びを口にした。

「謝らなくていい。市民を守るのが警察の仕事なんだから」

すました表情の警部が、やけにカッコよく見える。

「はい。今夜はわたしにご馳走《ちそう》せてください！　どんどん追加オーダーしちゃってくださいね」

「カエデちゃん、ごちそうさまでーす。なんてウソ。オレも払うよ。いつも先輩にゴチになっちゃってるから」

「じゃあ、今回はふたりにご馳走になろう」

そう言って警部は、シャンパングラスを傾けた。

「小林さん、すみません」

「いーからいーから。さー、今夜は飲むぞっ」

カエデは警部と小林に軽く手を合わせてから、店の奥にあるカウンターに視線を走らせた。

ひとりの女性が、席に着いている。

ロングヘアを結い上げて、大きなサングラスをしているが、病院で警部に輸血をしたいと申し出た人にそっくりだ。

きっとこの店に警部が来ることを、政恵から聞いたのだろう。

彼女は先ほどから、細い肩を小さく震《ふる》わせている。

警部の元気な姿を、久しぶりに見たからかもしれない。


もちろん、警部も女性の存在に気づいているはずである。

なぜなら、政恵に訊《き》かれたわけでもないのに、「今夜は三茶《さんちゃ》のビストロに行く。十九時に予約してある」と、時間まで伝えていたのだから。


――要するにこれは、お互いを想い合う母と息子の、誰にも知られてはいけない秘密の逢瀬《おうせ》なのだ。声をかけることも、見つめ合うことすらも許されない、禁断の逢瀬。

そう思うと、カエデの胸が熱くなってくる。

美食家でお坊ちゃまで、００７好きが高じてアストンマーティンを鑑賞用に持つ変わり者。内勤の管理職なのに警察らしからぬ非公式捜査を行い、ときには温情でユーチューバー・ネネリンの姉・由梨のような、ワケあり犯罪者を見逃してしまう人。

　そして、稀な血液型であるがゆえに献血を欠かさず、どんなときでも市民を守ろうとする正義感の持ち主。

　そんなグルメ警部の運転手兼助手であることに、カエデは改めてよろこびと使命感を覚えていた。

　果たして、次はどんな事件が待ち構えているのだろうか……？

「お待たせしました。久留米さんだけの裏メニュー、生ウニ入りスペシャルオムレツです」

　愛想《あいそ》のいい青年の店員が、湯気《ゆげ》の立つオムレツを運んできた。かたちの整ったオムレツの上にも、大粒の生ウニがズラリと並んでいる。トロリとかかったバターソースの香りがたまらない。

「よし、取り分けるぞ」

　警部が素早く三つの皿にオムレツを分け、ナイフとフォークを構えた。

「ここでオムレツを食べるのは久しぶりだ」

左手首にオメガの時計をした手で上品にカットし、素早く口に運ぶ。

じっくりと味わってから、グルメ警部は小さく笑った。

「今日の料理は美味しすぎる。この店、やはり確保……いや、もはや逮捕だな」

目次・扉デザイン――長崎綾（next door design）

この物語はフィクションであり、実在した人物・団体などとは一切関係ございません。

本書は、書き下ろし作品です。

著者紹介
**斎藤千輪**（さいとう　ちわ）
東京都町田市出身。映像制作会社を経て、現在放送作家・ライター。2016年に『窓がない部屋のミス・マーシュ』で第２回角川文庫キャラクター小説大賞・優秀賞を受賞してデビュー。2020年、『だから僕は君をさらう』で第２回双葉文庫ルーキー大賞を受賞。主な著書は「ビストロ三軒亭」シリーズ、『コレって、あやかしですよね？放送中止の怪事件』『トラットリア代官山』『神楽坂つきみ茶屋　禁断の盃と絶品江戸レシピ』など。

---

ＰＨＰ文芸文庫　グルメ警部の美食捜査

---

2021年３月18日　第１版第１刷
2021年４月27日　第１版第２刷

著　者　斎　藤　千　輪
発行者　後　藤　淳　一
発行所　株式会社ＰＨＰ研究所
東京本部　〒135-8137 江東区豊洲5-6-52
第三制作部　☎03-3520-9620（編集）
普及部　☎03-3520-9630（販売）
京都本部　〒601-8411 京都市南区西九条北ノ内町11
PHP INTERFACE　https://www.php.co.jp/
組　版　朝日メディアインターナショナル株式会社
印刷所　株式会社光邦
製本所　株式会社大進堂

---


ISBN978-4-569-90108-4